RODRIGO SANTOS

CARCARÁ
CONTOS

Todos os direitos desta edição reservados à
Malê Editora e Produtora Cultural Ltda.
Direção: Francisco Jorge & Vagner Amaro

Carcará: contos
ISBN: 978-65-87746-51-7
Capa: Mulambö
Edição: Vagner Amaro
Revisão: Léia Coelho
Diagramação: Maristela Meneghetti

Texto revisado segundo o novo Acordo Ortográfico da Língua Portuguesa.
Proibida a reprodução, no todo, ou em parte, através de quaisquer meios.

Dados internacionais de catalogação na publicação (CIP)
Vagner Amaro – Bibliotecário - CRB-7/5224

S237c	Santos, Rodrigo
	    Carcará: contos / Rodrigo Santos.
	Rio de Janeiro: Malê, 2021.
	130 p; 21 cm
	ISBN 978-65-87746-51-7
	
	1. Contos brasileiros 2. Literatura brasileira I. Título
	                                          CDD B869.301

Índice para catálogo sistemático: I. Conto: Literatura brasileira B869.301

2021
Editora Malê
Rua do Acre, 83, sala 202, Centro, Rio de Janeiro, RJ
contato@editoramale.com.br
www.editoramale.com.br

"A mais triste nação
na época mais podre
compõe-se de possíveis
grupos de linchadores"

Caetano Veloso

Sumário

1. Aluga-se uma casa pequena para uma senhora sozinha 7
2. Eles, que não estavam mais lá 15
3. A casa do senhor 21
4. Fantasmas do Natal passado 35
5. Caracará 43
6. Mesa Posta 51
7. O Carona 55
8. Lobimana, Lobismina, Lobimoça 63
9. Pequenos animais 73
10. Apneia 77
11. O brinco de Rui Barbosa 81
12. Tudo numa noite só 87
13. Volta 105
14. Tristeza não tem fim 111

Aluga-se uma casa pequena para uma senhora sozinha

... estava escrito no cartaz colado no poste, aí eu entrei em contato, né, minha filha? Acho que o que mais me chamou a atenção foi estar bem claro que era para uma senhora sozinha, eu estou sozinha há muito tempo. Não é ruim ficar sozinha não, acho que o pior é quando você pensa nisso – e foi justamente o que eu pensei quando vi o cartaz, que eu era essa senhora sozinha, e que por coincidência precisava de uma casa pequena. Viúva? Não, não. Nunca morei com homem nenhum, tirando o meu filho. É, coisas da vida. Eu até sei quem fez o garoto – a mulher sempre sabe, não é mesmo? – mas daí pra chamar de pai é muito. É até ruim pra criança, crescer sabendo que tem um pai que não quer saber dela, e que se quisesse seria ainda pior, aquilo não é exemplo pra ninguém não. Se bem que, pensando bem, essa coisa ruim deve estar no sangue, sei não. Tem muita coisa nesse mundo que eu não sei. Bonita, eu? Ah, obrigada. Tinha que ver quando eu era mais nova, eheheheh, eu era um pedaço de mau caminho, como diziam antigamente. Vaidosa eu sou até hoje, gosto das minhas pulseiras, dos meus brincos, da minha roupa sempre passadinha. Porque a gente não escolhe ser pobre, né, minha filha? Não é por isso que vou andar lafranhuda, não mesmo. O que eu vejo de gente com dinheiro malvestida, mal-ajambrada. O cabelo é que já não é mesmo, paciência. Antigamente a gente maltratava muito o coitado, era chapinha, prancha, até ferro quente já passei, quando era menina. Ferro mesmo, daqueles antigos, de colocar a brasa dentro. E o medo de queimar a cabeça? Ehehehe. Mas era isso ou ouvir que seu cabelo era ruim, cabelo de bombril, pixaim. Ligar eu nem ligava muito, mas dói, né? Todo dia ouvir essas bobagens... A gente sabe o valor da gente, minha mãe sempre dizia, "filha, não deixa ninguém colocar você pra baixo não. Nosso povo sofre nessa terra desde que chegou aqui, não dá mais esse gostinho pra eles não". Mas é duro. Vejo agora essas meninas com esses cabelão bonito, dá até uma coisa boa aqui dentro, sabe? Eu desde cedo sempre fui muito vaidosa, eu sabia que era bonita. Mas quantas meninas bonitas como eu precisavam ouvir isso e não ouviram, se achando feias a vida toda? Agora não, elas sabem que são bonitas também, ô coisa boa. O cabelo, eu raspei o meu, estou deixando crescer de novo, natural, até sem tinta, porque cada fio de cabelo branco dessa cabeça teve razão de ser, e fica bonito, né? É a minha coroa prateada – apesar de eu gostar muito mais de ouro. Café? Ah, aceito sim, agradecida. Adoro café. Não, não precisa de açúcar não, tomo puro. Diabetes, né? A gente corre, corre nessa vida, e o prêmio no final é um desses: diabetes ou hipertensão. E ainda tem piores, tem aquele do parkinson, que a pessoa fica tremendo. Ou o outro que a pessoa esquece, qual é mesmo o nome? Olha aí, vai que eu já tenho e não sei. Ah-ah-ah. Alzheimer, isso mesmo. Obrigada, muito bom o café. Não, não, tá bom. Só queria um copo d'água depois, se não for incômodo. Do que a gente estava falando? Ah, do cabelo. Quando eu raspei, o Edinho reclamou, eu fui visitar ele e ele: "que isso, mãe? Tá parecendo que tá com câncer!" Olha só, falamos de doenças da velhice e eu me esqueci do câncer. Mas na minha família ninguém teve câncer não, o Pai foi muito bom com a gente. Isso, Edinho é meu filho. Hein? Não, já é grande, adulto já. Chamo de Edinho porque pra mim ele sempre vai ser um menino. Acho que pra toda mãe, né? Não importa o quanto o filho cresça. Lembro dele pequeno, voltando correndo pra casa, chorando porque tinha apanhado de algum garoto maior que ele na rua. Ele morria de vergonha, eheheheh, mas eu ia lá tirar satisfação. Sou mãe, na minha cria ninguém mexe não. Eu posso brigar, falar mal, os outros não. Mas ele cresceu assim, assustado, meio com raiva de tudo. A gente olha pra trás e... Não estou enchendo o saco da senhora não? Imagina, a senhora quer alugar sua casa, coloca um aviso "Aluga-se uma casa pequena para uma senhora sozinha", aí aparece uma velha que nem eu que fala pelos cotovelos. Eu te falei que vim por causa do anúncio, né? Porque já tem um tempo que estou sozinha. O Edinho? O Edinho tá na tranca, moça. É lá que eu fui visitar ele. Acho bonito essas mães que vão visitar filho na casa de praia em Maricá, ou aparecem de surpresa no estaleiro pra levar uma comidinha gostosa pro filho – eu tenho uma amiga assim, a dona Elza, lá do Gradim. Ela é filha do mar, e o filho seguiu pelo mesmo caminho. Queria ser da Marinha, não passou na prova, mas conseguiu um emprego no estaleiro, perto d´água salgada, perto de casa. De vez em quando, ela leva um bolo de fubá, um suco de melancia lá pra ele. Você acredita que tem um velho lá que ficou todo assanhado com ela? Pra você ver, o amor está em todo lugar. Mesmo que você não procure, ele te acha. O que é que a gente tem nessa vida senão o amor? Os filhos se vão, a boniteza some no fundo do espelho... A boniteza sim, a beleza não. Essa a gente leva. A diferença? Boniteza é capa de revista. O problema é que a capa da revista muda, o que era bonito não é mais; a beleza é pra sempre. E não foi você mesmo que disse que eu sou bonita? Sou mesmo, moça, sem querer me gabar nem nada, que eu nem preciso disso. Bonita, enfeitada e cheirosa. Esses dias mesmo o Seu Juarez falou um troço que eu hummmm... sei lá. Juarez é militar, da reserva. Partidão – ainda mais para uma velha como eu, sozinha. Sim, quero sim, esse café tá uma delícia. É coador de pano, né? Sabia. Esse coador de papel não dá gosto na coisa. Eu acabei me acostumando a tomar café de cafeteira, dá menos trabalho, né? Mas eu gosto mesmo é de café de coador de pano. Não deixo nem a água ferver pra não cozinhar o pó. Obrigada. Você me dá mais um cadinho d´água também? Obrigada, mais uma vez. Isso, "na tranca" é preso. A gente orienta, ensina, mas a escolha é de cada um, né? Como falei, o Edinho sempre teve uma coisa... O nome é Edinho por causa do Pelé, nossa, como eu adorava ver aquele negão jogar – e olha que eu nem gosto de futebol. Não pensei duas vezes, quando engravidei já sabia que era menino, e já sabia que o nome ia ser Edson. E é bonito, o danado. Bom, não bonito como o Pelé, mas eu não falo isso pra ele, né? Pra mim ele é o mais bonito do mundo. Tá maltratado, mas ainda acho bonito. Eu sempre avisei pra ele, aqueles meninos não eram amigos dele, amigo não leva o outro pra furada. Mas o Edinho... Eu falei com a senhora, ele sempre teve essa coisa de medo, de raiva do mundo. Queria ter o tênis caro, ficava revoltado porque na escola dele não tinha aula por causa da greve, não tinha nem água gelada no bebedouro, enquanto via as crianças da escola particular pra cima e pra baixo dentro dos micro-ônibus – porque não tinha van nessa época, né? Não, não justifica, eu falei pra ele isso umas quinhentas vezes. A gente que é pobre tem que se esforçar mais, essa é a lei da vida. Bom, da vida que nos apresentaram, não é mesmo? Porque na verdade todo mundo tinha que ter a mesma oportunidade, mas e daí? Não temos, o jogo está dado, nos basta jogar. Oi? Ah, foi por roubo. Edinho nunca se envolveu com droga não, eu tenho certeza. Meu coração de mãe me diz. Eu acho até que foi uma bobagem, ele estava desempregado, fazendo uns bicos, aqui e ali. Aí o Mosquito – isso, Mosquito, o nome do desinfeliz. Vê se pode? – chamou ele pra roubarem um banco. Ele sabia que o meu Edinho não era bandido, mas falou que só precisava de um cara pra dirigir o carro da fuga. Edinho tinha trabalhado um tempo como motorista de praça, cansava de falar pro Mosquito que não queria, que não era bandido. Mas a necessidade faz o sapo pular, né? Edinho reclamava que trabalhava muito – estava trabalhando em obra dessa vez – e não tinha dinheiro. Queria poder levar a namorada pra um pagode decente, pedir um balde de cerveja, um "combo", eles chamam de "combo" isso, uma garrafa de bebida quente e mais uns guaranás pra misturar. Mas o dinheiro da obra não dava, e o Mosquito ali no ouvido dele... Bom, deu no que deu, né? O pior é que prenderam só ele, só o meu Edinho, o único que não era bandido na história. Bateram muito nele, coitado... bateram muito. Desculpa, é difícil não ficar emocionada quando me lembro disso. Lembro dele dormindo na minha cama, pequenininho que não chegava no meu joelho, com as bochechinhas rosadas, respirando pela boca porque tinha rinite, tadinho. Aí eu chego lá no hospital do Colubandê e ele tá algemado na cama, com o rosto todo arrebentado. Bateram muito. E ele acabou entregando o Mosquito e os outros. Ele diz que não, que nem se lembra, eu acredito nele, no meu filho. Devem ter aproveitado quando ele estava desacordado. Só sei que, depois que ele foi pra carceragem, o nome dele estava jurado. Olha, como eu pedi por esse menino. Na primeira semana, quebraram o braço dele em quatro lugares, até pino de metal ele teve que colocar, o pobre. Mas ele falou que tá tudo bem agora, que arrumou novos amigos. Eu sei que são bandidos, sei que ele teve que arrumar amizade na bandidagem pra turma do Mosquito não passar ele, mas o que eu faço? Eu ensinei pra ele o certo e o errado, ele que escolheu. Deve ser coisa de sangue, igual ao outro lá. "Ai, mãe, mas era só uma vez e eu ia parar." Mentira. Olha, moça, vou te falar, eu sou mãe, mas não sou cega. Minha finada avó, que nasceu numa fazenda lá em Campos, dizia que é igual bicho selvagem que prova sangue de gente, depois da primeira vez não para mais. E ele ia voltar pra obra pra ganhar miséria? Não ia nada, conheço minha cria. Uma vez, quando era pequeno, ele e os meninos da rua bateram num garoto da escola particular só pra roubar a camisa. "Achei na rua, mãe", ele disse, mas eu sabia que ele estava mentindo. Mas, coitado, ele queria vestir aquela camisa, queria se sentir... sei lá, gente. Porque não é sempre que a gente se sente gente, né? Pensando bem, eu deveria ter falado pra ele que eu sabia lá atrás, ter brigado, ter colocado de castigo. Mas não fiz, e o tempo não volta pra trás, não é mesmo? Só anda pra frente. Sei que agora eu tenho que ir todo domingo lá, visitar o Edinho. Está bem ele, tá até mais fortinho – gordinho, né? Ahahah. Ele nem gosta que eu brinque, mas falei pra ele que o pasto tá bom, tá engordando mais do que em casa. Mas tá malhando também, só não para de fumar. Aí todo domingo eu vou lá. Levo cigarro, um bolinho de fubá que eu sei que ele adora, um bolinho que faço batido no liquidificador batido com uma lata de milho, sabe? Fica uma delícia, bem cremoso. É um constrangimento, que a senhora nunca tenha que passar por isso. Eu, dessa idade, tenho que tirar a roupa, agachar pra eles verem que não estou escondendo nada nas minhas coisas, um horror. Tem até um espelhinho que a moça coloca pra ver por baixo. Humilhação, a palavra é essa. Mas é meu filho, né? Não é porque ele errou que eu vou abandonar.

Amor não é isso. Mas amor também não é *band-aid*, às vezes amor tem que ser Merthiolate, tem que arder pra curar. Já falei com ele, quando ele sair dali, se arrumar outra confusão, eu largo de mão! Mentira, né? A gente não larga filho de mão não. Não existe amor maior que o de mãe. Mas é isso, a senhora me desculpe, eu não tenho muito com quem conversar, aí a senhora deu corda... Que velha boba que eu sou. Vou esperar então a senhora me mandar uma mensagem, fique tranquila que eu sou muito caprichosa, a casa é pequena, mas vai ser minha, e tudo o que é meu eu procuro deixar o mais bonito possível. Bonito mesmo, porque quando a revista disser que o bonito mudou, eu mudo tudo: toalha de mesa, bibelô, lustre. Só não mexo nas coisas da minha Mãe, porque é ela que me dá forças pra continuar, porque senão... nem sei. Ah, aliás, tem uma coisa que você não perguntou, mas eu acho importante falar, sabe? Porque a gente tem visto tanta intolerância por aí... Eu acho que é racismo, porque ninguém mexe com as religiões dos brancos, só com as nossas. Acho que a visão desse povo é que tudo o que é de preto é ruim: samba era ruim, funk é ruim, macumba é ruim, só porque é de preto. Eu sou macumbeira, sou do candomblé. Espero que você não desista de alugar a casa pra mim por causa disso – o quê? Já, já passei por isso duas vezes. Tava tudo certo, só assinar os papéis, e as pessoas não quiseram alugar quando souberam que eu era da macumba, por isso falei. Sério? Jura? Que maravilha! Qual terreiro você frequenta? Ah, conheço, conheço. Eu?

    Eu sou de Oxum.

Eles, que não estavam mais lá

Meia hora depois de bater cartão, eu ainda estava no escritório. "Seu Geraldo, aquele relatório que eu te pedi, é pra hoje!" "Mas, Sr. Magalhães, está na mesa do senhor desde ontem..." "Quando for assim, Seu Geraldo, o senhor tem que me avisar! Assim não dá, uma coisa tão urgente dormindo em cima da mesa e eu sem saber! Vou correndo olhar e já te dou um parecer, Seu Geraldo! Mas tem que avisar, Seu Geraldo! Tem que avisar!" – disse o cretino do Magalhães com os braços caídos ao lado do corpo e as mãos espalmadas para cima em sinal de enfado. Não adiantaria nada dizer que eu havia avisado, citado verbalmente duas vezes ao passar por sua sala, enviado por e-mail e memorando. Magalhães nunca errava, era sempre algum funcionário que fazia a cagada e ele, do alto de seu pedestal, tinha que consertar. E consertei o relatório, o relatório perfeito que me custara duas semanas de levantamento de dados e conclusões para enviar para a agência reguladora, e agora estava cheio de adendos inúteis e marcas de patas suínas.

    Quando finalmente consegui enviar pelo malote – o mensageiro me olhava como se olha pro cara que trava a catraca da barca quando se chega quase a tempo – desci correndo para pegar o carro. Mais quase duas horas de trânsito infernal ("porque só tem carro cinza?") até chegar em casa, tirar os sapatos e me conectar às vibrações amorosas de minha família. Pensava na maciez do beijo da minha esposa, tão apaixonados mesmo depois de tantos anos (eu ainda pegava em sua bunda enquanto ela cozinhava, ela pedia para parar e eu reclamava que só tinha aquela bunda para apertar, e o faria sempre que pudesse, e que ela ainda era tão gostosa quanto, o que a desarmava e a fazia dar um sorriso sem graça). Fazer o dever com o Rafael, e sentar no chão com a pequena Bia para assistir a desenhos bobos e trocar roupas de boneca. Nada no mundo me preparara para isso, para a dourada rotina de uma vida banal. Sempre achei que não me encaixaria, que casamento era prisão e filhos eram o diabo, mas hoje não me vejo em nenhum outro papel.

Parei o carro (cinza) na garagem do prédio, sempre com o cuidado de não raspar na pilastra da minúscula vaga que me cabia, o carro novo não merecia cicatrizes tão cedo. Com o *blazer* sobre o braço esquerdo dobrado e a pasta 007 na mesma mão da chave, abri a porta de casa e fiz a mesma brincadeira sem graça, tirada de um antigo seriado de TV: "Queridos, cheguei!" Larguei a pasta e o *blazer* sobre o sofá da sala e estranhei, logo de cara. A casa estava escura. Escura e silenciosa. Demais.

"Miriam?", sussurrei para além do corredor ensombrecido. "Crianças?" Nem era meu aniversário, cadê todo mundo? Atravessei a sala em um pulo e bati os dedos no interruptor do corredor, no interruptor da cozinha, quartos e copa. A casa agora parecia uma árvore de natal de tão iluminada, e nenhum canto se escondia dos olhos. "Será que foram na casa de alguém?", procurei um bilhete na porta da geladeira, em cima da mesa, sobre o tampo do fogão sem panelas. "Miriam não teria deixado de fazer janta para as crianças, devem ter saído cedo." Os quartos estavam arrumados, os brinquedos nas prateleiras, os lençóis esticados.

No armário do banheiro, uma garrafa de Jack Daniels pela metade se escondia atrás de uma pilha de biscoitos Passatempo, que

Rafael tanto gostava de levar para a escola e já passava para a irmã. Sentei-me na sala, liguei a TV em algum canal esportivo e esperei, até apagar com a cara no controle remoto e a garrafa vazia no chão.

– Amor... Acorda... Você dormiu no sofá?

A voz doce de Miriam se confundia com o cheiro do café novo e o choro de Bia. Abri os olhos devagar para não permitir que a luz acionasse sinos em minha cabeça, e tentei engolir alguma saliva que não estava lá.

– Vocês não estavam aqui ontem quando cheguei...

– Que bobagem! Agora vem, que o Rafael quer te mostrar que terminou o trabalho que é pra entregar hoje.

Ela virou de costas, e sua bunda preencheu o horizonte do olhar até a cozinha, balançando no vestidinho matinal de alças e flores amarelinhas. O sol começava a entrar pela janela lateral e se refletir na feia escultura prateada que a gente ganhou de presente de casamento quando isso era moda. Pisquei, e dois minutos depois acordei com o rosto oval de Beatriz na minha frente, olhando curiosamente para mim.

– Papai não vai acordar? – ou algo parecido, já que a imensa chupeta vermelha bloqueava a fala ainda em construção.

– Papai já acordou, filha, papai já acordou – e puxei minha filha para cima de minha barriga, ainda deitado no sofá.

Na cozinha, apertei o braço de Miriam, que já lavava os copos sujos de achocolatado das crianças, e comi um resto de misto quente que Rafael havia deixado – ele nunca comia o misto todo.

– Você vai se atrasar.

Onde vocês estavam ontem?

– Aqui, ué. Você não lembra? Você brigou com Rafael porque

ele deixou pra fazer o trabalho na véspera de entregar, e o mandou mais cedo pro quarto. Bia dormiu na nossa cama, e a foda que a gente havia planejado ficou pra hoje. Ainda é hoje, não é? – deu um sorriso malicioso.

– Não, não. Isso foi anteontem. Ontem vocês não estavam aqui.

– Para de bobeira, vai. Vai encarar aquele dragão do Magalhães, depois volta pra casa, hoje vou fazer uma comida bem leve, porque não quero ninguém reclamando que está de barriga cheia mais tarde – ela apertou meu pau de repente e sorriu, fazendo com que eu me assustasse e empinasse a bunda pra trás.

– Estranho... – murmurei, antes de beijar todo mundo e ir para o banho. Quando saí do banheiro, a van escolar laranja já tinha levado as crianças e o ônibus verde a sua esposa. Escolhi o terno claro, uma gravata bordô e peguei o carro em direção ao Centro.

Mais um dia escroto no escritório, piadas sem graça do Magalhães para as risadas dos puxa-sacos, requerimentos, relatórios, língua ensopada no *self-service* na hora do almoço, café avermelhado na máquina da copa. A vida no *pause*, esperando os ponteiros se encontrarem em liberdade no relógio do hall dos elevadores.

Quando cheguei em casa, o maravilhoso caos doméstico em toda sua profusão. Rafael orgulhoso com o trabalho de artes, Bia fazendo arte na parede do corredor com *crayons* multicoloridos e Miriam reclamando. Aquelas ondas de amor que só recebe quem nada para além da arrebentação, sem boias de braço ou pés de pato. Salada de alface, milho, beterraba e cenoura, arroz fresco – gemendo o fio amarelo de azeite na fumaça – frango grelhado e sorrisos maliciosos da esposa. Crianças na cama, televisões desligadas, sexo com a atenção voltada para a porta do quarto, pesadelo infantil e o usual "posso dormir aqui?" da pequena Beatriz.

Acordei na cama vazia. As cortinas cinza que cortavam a luz do sol presas por pregadores. O latifúndio da cama ao meu lado direito, gelado. "Amor?" – da porta do banheiro, do corredor, da cozinha... nada. Coloquei os pés no chão frio, onde o terno chumbo com que trabalhara no dia anterior jazia, inerte.

– MIRIAM! – berrei, ainda sentado na cama. Corri para o quarto de Rafael. Da porta, vi o *pôster* do filme que ele gostava na parede, sobre a cama feita. No quarto de Beatriz, a boneca ainda estava no chão, ao lado do berço. "Já está na hora dela ter uma cama", eu disse para Miriam, não tem muito tempo, "nossa menina já está ficando uma moça".

Não percebi que minhas mãos se encrespavam no caixonete da porta, a ponto de minhas unhas se cravarem na camada de tinta óleo, e nem sei como fui parar na sala. O telefone em minhas mãos apitava sem parar. Tu tu. Tu tu. Tu tu. Onde estava a minha família? O que tinha acontecido?

Oi, Geraldo... Cara, tá cedo...

– Artur, desculpa, cara... Mas... Cara, cadê todo mundo?

– Geraldo... Que todo... Pera...

– Todo mundo, porra! Miriam, as crianças... Acordei e não tem ninguém em casa! Essa semana eu cheguei não tinha ninguém, achei que tinham ido a algum lugar, agora acordei e eles não estão aqui! Artur, cara, se você sabe pra onde eles foram...

– Gê... Calma, bicho. – "É o Geraldo de novo", ouvi Artur sussurrar, provavelmente com a mão sobre o gancho. – Cara, fica aí que eu vou aí na tua casa.

– Não, Artur, não precisa. Por que você vem aqui em casa? A Miriam te falou alguma coisa? Pra onde ia? E por que levou as crianças? – Eu não conseguia entender.

— Gê... Cara... Você não lembra? — "Não, Sheila, espera. O cara tá..." — Geraldo!

— Oi, Sheila.

— Geraldo, meu filho... Escuta... Fica aí que o Artur vai aí... E vocês conversam...

— Mas conversa o quê, PORRA!?

— Geraldo. — o Artur novamente. — Cara, tem três meses já. Te apruma. Eu sei que é foda, mas você vai ter que se aprumar, cara.

— Que papo é esse? Artur, que porra é...

— Eles morreram, Geraldo. Todos eles. Em algum momento você...

"... vai ter que aceitar isso". Eu não precisava ouvir a voz que saía do fone já no chão, conhecia cada sílaba. Era só o que eu ouvia nesses meses. O nosso carro era vermelho — vermelho igual à chupeta de Bia porque o Rafael queria um carro igual ao do desenho. Voltávamos do *shopping* e decidi pegar a autoestrada, quando um borrão cinza surgiu no meio da noite e nos jogou na ribanceira. Eu só soube que eles haviam morrido duas semanas depois, quando recobrei a consciência.

A casa vazia ecoava cada passo em que o chinelo batia no meu calcanhar. Outra garrafa de uísque, sentado no chão do quarto do casal com o vestido de Miriam na mão. Choro, álcool, raiva, raiva, raiva, caco de vidro, sangue, *crayons* multicoloridos e um coração gigante desenhado na parede do quarto escrito EU AMO em vermelho.

— Papai, você não vem brincar? — a voz de Beatriz soou no corredor me despertando de minha letargia.

— Já vou, filha — e decidi que era hora de me reunir com os meus.

A casa do senhor

– Gugu, que barulho é esse?
Acordei no pulo, com o cotovelo de Rejane cutucando minha costela. Eu não vinha dormindo bem havia dias, com uma dor na lombar que aparecera do nada. "É a idade, meu Preto", dizia Rê. "Que nada, mulher, é esse colchão velho aí, a gente tem ele desde que casou."
– Que barulho, amor?
– Estou ouvindo um barulho lá na frente.
Eu me sentei com os pés pra fora da cama, meio grogue de sono ainda. Rejane sempre fora muito assustada e, mesmo se não fosse nada, eu sabia que ela contava com minha convicção em protegê-la.
– Amada, deve ser apenas algum gambá... – então eu ouvi o barulho também. Se fosse um gambá, era um gambazão.
– É lá na igreja.
A gente havia comprado essa casa assim que casou, e construído a igreja na frente do terreno um pouco depois que as meninas nasceram. Elas cresceram brincando na rua de terra, e servindo ao Senhor em nosso humilde templo. O tempo foi virando suas páginas, o tráfico chegou e se instalou, tornando o bairro um pouco mais perigoso. Mas de um tempo pra cá estava pior. "Ainda bem que as meninas estão crescidas e fora daqui, Guto", dizia vez ou outra Rejane quando ouvíamos os tiros, cada vez mais comuns.

— Pai, você e mamãe têm que sair daí! — Raquel era a que mais ralhava conosco. Engraçado, a gente ralha com os filhos enquanto eles são pequenos, depois eles crescem e o jogo vira. — Eu alugo um apartamento aqui no meu prédio no Ingá, vocês não precisam ficar no Salgueiro.

Eu sorria e assentia, apenas para ela entrar logo no carro e sair. Eu tinha um compromisso com a comunidade, não podia abandonar os meus fiéis. Eles confiavam na minha palavra, na palavra do Senhor que eu pregava quase todos os dias em nossa pequena igreja. A mesma igreja de onde agora vinha o barulho que acordara Rejane – e a mim, por tabela.

Levantei com alguma dificuldade por causa da dor em minhas costas, calcei os chinelos e abotoei a camisa do pijama.

— Cuidado, Augusto...

— Já disse, Rê, deve ser um gambá. Vou lá espantar ele.

— Mas não mata não! Eu vi na internet que não pode matar gambá!

— E eu vou me guiar por internet, mulher?

Passei na cozinha, peguei uma lanterna e uma vassoura. "Cuidado!", Rejane ainda falou do quarto.

Atravessei o quintal e abri devagar a porta dos fundos da igreja, que fica atrás do púlpito. Fiz o facho da lanterna passear por todo o salão. Não era grande a minha igreja, mas me dava muito orgulho. Como deixar um lugar tão abençoado pra trás? Quantos irmãos não se casaram, se curaram, encontraram Jesus ali?

Um gemido baixo, perto da porta de entrada, me chamou a atenção. Definitivamente, não era um gambá. Gambás não choram.

— Quem está aí? — e a voz ecoou no salão vazio. Cauteloso,

avancei pela lateral na direção do choro. A primeira coisa que a luz da lanterna revelou foi... uma criança.

O menino estava todo encolhido no encontro das duas paredes. Um de seus olhos estava inchado, e manchas de sangue denunciavam por qual janela ele havia se arrastado para chegar ali. Apenas de bermuda, seu torso nu trazia outros ferimentos.

– Ditinho?

– Pastor... Me ajuda...

Mesmo com a metade do rosto inchada, consegui reconhecer o filho de Dona Benedita. Ele vinha muito à igreja, acompanhando a mae, quando era pequeno. Mas aí cresceu, e foi cooptado pelo crime no início da adolescência. A mãe até deixara de congregar aqui por vergonha, vinha apenas de vez em quando. Nessas vezes, eu a aconselhava a ter paciência e fé, pois Jesus o traria de volta, enquanto ela apenas chorava, sem esperança.

E trouxe. Mas não do jeito que eu pensava.

– O que você está fazendo aqui, menino? O que aconteceu?

– Pastor... – ele falava entremeado por gemidos de dor extrema. O lado direito de seu dorso estava arroxeado, provavelmente por uma ou duas costelas quebradas. – Eles querem me matar, Pastor. Deixa eu morrer não... – e começou a chorar.

– Eles quem, Ditinho?

Eu não era bobo. O pastor acaba sendo um ouvido amigo em meio a tanta indiferença às quais são submetidos os habitantes de um bairro pobre como o meu. Dava conselhos, mediava conflitos familiares, ouvia fofoca – muita fofoca, o que eu imediatamente repreendia.

Desde que foram instaladas as Unidade de Polícia Pacificadora nas favelas do Rio de Janeiro, as cidades do entorno sofreram com a migração dos bandidos. Niterói, Itaboraí e São Gonçalo receberam, de uma hora pra outra, "bondes" (como os jovens chamam os bandos) compostos de 50, 60 elementos. E esses criminosos "estrangeiros" não vinham recomeçar a carreira no crime: vinham ocupar posições no mínimo semelhantes às que exerciam em seus morros. O resultado disso era empurrar pra baixo na hierarquia do crime os "crias", os meninos nascidos e criados em seus territórios. Um outro efeito colateral dessa invasão era que agora morria muito mais gente na comunidade – a gente só não sabia quem. Antigamente, eram os filhos, os netos, as crianças que a gente via crescer que morriam, e isso causava alguma comoção. Agora, os cadáveres estranhos não chegavam nem a molhar o chão, sumiam como apareceram, sem nome ou rosto.

O filho de Dona Benedita (nunca entendi por que ela botou o mesmo nome na criança) chegara a gerente da boca de fumo local, e respondia apenas ao chefe da facção que dominava o complexo do Salgueiro, mas havia sido rebaixado, e boatos diziam que estava se associando a outra facção onde teria mais poder. "Meus amados, esse tipo de fofoca não é edificante", eu sempre dizia, mas não podia me abster de ouvir. E agora o menino estava ali, sangrando no chão da minha igreja.

– Os cara... – e fechou os olhos com força, como se pudesse barrar a dor. Jesus amado, era só uma criança! – Os cara que veio do Rio...

– Precisamos chamar a ambulância, e comunicar à sua mãe!

Larguei a vassoura e a lanterna e me agachei para ajudá-lo.

– Não, Pastor... Minha mãe não, ela vai ter um troço... Nem ambulância, eles não podem saber também onde estou senão vão terminar o serviço...

— Gugu? — a voz de Rejane me deu um susto.

— Volta pra casa, mulher!

— O que está acontecendo, Gugu?

— Deixa que eu resolvo, pode voltar a dormir.

Mas ela já estava de pé atrás de mim.

— Ditinho! Sangue de Jesus tem poder...

— Dona Rejane... Desculpa...

— Rejane, amada... Você pode pegar meu telefone lá dentro, por favor? E um saco de gelo, e uma toalha também, por gentileza?

— Mas, Gugu...

Fiquei em pé, de frente pra ela, e coloquei a mão em seus ombros.

— Esse menino precisa de ajuda.

— Mas, Gugu... Ele...

— Não importa o que ele seja. Jesus o colocou aqui por algum motivo, e a gente precisa ajudá-lo. Agora vá pegar o que te pedi, por favor? E acende a luz também — dei um beijo em sua testa. Ela saiu meio ressabiada, olhando pra trás vez em quando. Quando ela acendeu a luz do salão, eu vi que a situação de Ditinho era bem pior, no claro. Ele começava a tentar se levantar, então eu me abaixei de novo e pus a mão em seu ombro.

— Calma, Benedito. Você não está em condições de sair daqui.

— Mas, Pastor... Se eu ficar aqui eles...

— Eles não vão ter coragem de entrar na casa do Senhor, meu filho. Agora espere que a gente vai dar um jeito nisso.

— Eu preciso só de um tempo... pra me recuperar... Já, já meto o pé...

— Não fala, não fala... Vai doer mais. Você parece ter quebrado alguma costela. A gente vai cuidar de você.

– Desculpa, Pastor... Desculpa... – e chorava, de dor e de vergonha. Não se parecia em nada com o grande bandido que ficava com o fuzil no ombro fiscalizando as ruas do bairro. Era só um menino com dor, e com medo. Além das manchas por todo o dorso e do estrago em seu rosto, percebi que sua perna direita também estava seriamente avariada, torta mesmo. Mais uma fratura.

Rejane chegou com a toalha, um saco plástico com provavelmente todos os cubos que havia em nosso *freezer* e meu telefone. Em seu rosto, a máscara de choque.

– Não liga pro SAMU não, Pastor... e nem pra polícia, pelo amor de Deus...

– E como a gente vai tirar você daqui, menino? – a voz de minha esposa subiu umas três oitavas, quase esganiçando.

– Rejane, pode ir lá pra trás, deixa que eu resolvo. Vai, vai, amada. Confie em mim. – Desta vez eu a beijei na boca (nada muito espalhafatoso, a gente nunca foi disso), para que ela soubesse que eu sabia o que estava fazendo. Voltei ao garoto. – Sabe o que a gente pode fazer? A gente pode tentar colocar você no meu carro.

– Eles estão rondando atrás de mim, Pastor.

– A gente leva você no escuro, eu e a Rejane... leva pro hospital geral, lá do Colubandê. Eles não saem daqui da comunidade, você sabe disso, vai dar tudo certo.

Eu tinha acabado de falar que ia dar tudo certo quando ouvi o grito.

– Pastor Augusto! Pastor Augusto!

– São eles, Pastor! – o corpo já bastante maltratado do menino Benedito começou a chacoalhar todo de medo. – Não deixa eles me pegarem não...

– Calma que eu dou um jeito. Fica aqui, e não faz barulho.

– Pastor... – Ditinho falou com a voz fraca. – Cadê Deus nessa hora?

– Ele está aqui, meu filho.

– Então pede pra ele me salvar... Eu não quero morrer não...

A voz lá de fora insistiu mais uma vez. Eu me levantei e fui até a porta dupla da igreja. Respirei fundo, e abri apenas uma das portas, o suficiente para colocar metade de meu corpo pra fora e ser incomodado pela dor na lombar.

– Pois não?

Lá fora, uns oito homens armados de fuzis e pistolas. Homens que eu nunca havia visto na vida.

– Boa noite, Pastor, a paz do Senhor! – disse o que estava mais à frente, provavelmente o chefe daquela matilha inóspita.

– A paz do Senhor, meu filho. O que o traz à Casa de Deus a essa hora?

– Tá tendo culto aí, Pastor? Tá tudo aceso...

– Eu e minha esposa estávamos arrumando os bancos para o culto de amanhã... Hoje teve escolinha bíblica, e as crianças bagunçam tudo.

– E onde está a sua senhora?

Eu sentia o mal emanando de suas palavras, de seus olhos, de seu cacoete em ficar alisando o cano do fuzil com o dedo indicador da mão esquerda, o mesmo que puxava o gatilho. Seu fuzil era o único virado com o cano para o lado direito, devia ser canhoto.

– Foi lá dentro, deve ter ido pegar água. "Ô Rejane" – eu gritei.

– Água é bom... O senhor pode nos dar um pouquinho?

– Claro, espere um momento que já volto – encostei a porta e entrei. Rejane veio esbaforida.

– O que foi, amado?

— Meu amor, preciso que você pegue uma garrafa garrafa d'água e dois copos. Há uns rapazes aqui na porta.

— Ai, meu Senhor Jesus Cristo...

— Calma — eu respirava compassadamente, escolhendo as palavras. — Pega a água.

Quando abri a brecha novamente, eles já haviam passado pelo portão, e estavam a um metro da porta da entrada, e de mim.

— O senhor se importa que a gente entre e sente um pouco, Pastor? Estamos um pouco cansados... — um início de risada surgiu no grupo, e morreu imediatamente sob o olhar do líder. O bandido que estava à sua esquerda esticava o pescoço para tentar olhar pela brecha onde eu me espremia para não ter que abrir mais a porta.

— A minha esposa já foi buscar a água... Olha, senhor... Qual é mesmo o seu nome?

— Os meus amigos me chamam de Welinton; os jornais e os inimigos, de Naval. O senhor escolhe.

— Então, seu Welinton... Nossa igreja está aqui há muito tempo, e nunca tivemos problemas... Fazemos a obra do Senhor pela palavra, não nos intrometemos em...

— Pastor, o negócio é o seguinte...

Nesse momento a mão de Rejane tocou em minha cintura, e eu dei um pulo, não sei de susto ou de alívio.

— A água, Preto. — A boca nem fechou quando ela espiou pela brecha e viu os bandidos.

— Boa noite, Dona Rejane. Desculpe incomodar a essa hora... Ah, obrigado.

Welinton pegou a garrafa e os copos da mão de minha esposa. Entregou um copo para o parceiro ao seu lado, e encheu o seu, passando depois a garrafa. Bebeu lentamente, os olhos fixos em mim, com a expressão de prazer de quem prova do maná dos céus. Estalou a língua no céu da boca quando acabou, e soltou o ar pela bocarra escancarada.

– Aaaah.. Maravilha. Deu o copo para um outro comparsa e voltou a alisar o cano do fuzil pendurado em seu ombro. – Muito obrigado, Dona Rejane. Mas então, pastor, o senhor vai nos entregar o menino ou não?

– Mas... Eu...

– Não faz essa cara, Pastor Augusto. Você sabe por que estamos aqui.

A saliva que eu engoli secou mais a minha garganta do que areia. Pelo canto do olho vi que Rejane tinha ido ver o pobre do Benedito, que segurava o choro de dor e medo.

– Meu filho... Deve haver um jeito pra gente resolver isso de uma outra forma...

– Não tem desenrolo, Pastor. Você entrega o menino pra gente, a gente termina de fazer o que deve ser feito e todo mundo fica feliz.

Tentei desconversar e ganhar tempo.

– Você parece ser um rapaz educado, estudado... Você era de igreja? Chegou me dando a paz do Senhor...

– E tem que ser analfabeto pra ser bandido, Pastor? Bom, o Curuba aqui é, mas nem todos nós somos. – Apontou para o comparsa citado, e riu. Como se seu riso fosse uma senha, os outros bandidos também riram, junto com o chefe. Menos o Curuba, é claro. – Eu cresci dentro da igreja, Pastor. E talvez seja a única coisa que está me segurando de entrar aí e arrastar esse filho da puta desse alemão pelos cabelos. Ou você entrega ele, ou a gente entra e mata ele aí mesmo.

— Seu Welinton...

— Naval. Pode chamar de Naval mesmo. — Eu tentava olhar no rosto dele, ver algum indício de vitória nessa discussão tão esdrúxula, mas não conseguia tirar os olhos daquele cacoete ameaçador de alisar o cano do fuzil com o dedo indicador.

— Então, seu Naval... O menino nasceu e foi criado aqui na comunidade... "Cria", como vocês chamam, não é? Então... A mãe dele é cristã, frequenta a nossa humilde igreja...

— Pastor, tem essa porra de cria mais não. Agora quem manda é a firma. Eu estou pouco me fudendo se a mãe dele é cristã ou puta, você vai me entregar o moleque e tudo fica bem. Até porque você quer a sua igreja funcionando amanhã, não quer?

O bandido tinha subido o tom, senti que a gentileza e a educação começavam a se esvair. Eu precisava ganhar tempo.

— Seu Naval, essa nossa igreja está aqui há — fui interrompido bruscamente por um empurrão, que me jogou de encontro às portas duplas e ao salão da igreja. A luz da rua entrou, e com ela o famigerado Naval e seu bando. Rejane deu um grito, com a mão na boca.

— Procura o X-9, pessoal. Mas primeiro devolve a garrafa e os copos da Dona Rejane aqui.

Rejane segurou a garrafa e os copos com as mãos tremendo e, como baratas, eles se espalharam, ficando apenas Naval parado à minha frente.

— Meu filho... Não tem outra forma da gente resolver isso?

— Pastor, o senhor não se mete nos meus negócios que eu não me meto nos seus. O senhor pode ficar pregando a palavra de Deus aí por quanto tempo ele permitir, que a gente não mexe contigo.

— Tá aqui o filho da puta, Naval! – gritou um deles, do local onde eu deixara Ditinho.

— Olha a boca, Babu! Você tá dentro da igreja, porra. Traz ele aqui.

De repente, Rejane correu e abraçou o menino.

— Não! Vocês não vão matar ele!

Os outros bandidos se deslocaram pra lá. O tal do Babu ficou meio sem ação, e olhou para o Naval, que olhou pra mim.

— Pastor... O senhor por gentileza peça pra Dona Rejane se afastar.

Olhei pra minha esposa, que chorava.

— Não, você não pode matar ele! É apenas um menino!

Fui em sua direção.

— Amor...

— Não tem nada de amor, homem de Deus! Você não pode deixar que eles matem esse menino! Não pode!

— Pastor... Pelo amor de Deus... Não deixa... — Ditinho chorava, encolhido nos braços de Rejane.

Ela estava com a razão. Jesus o havia colocado em minha casa para que eu o protegesse. Não queria ser mártir, mas não podia permitir essa barbaridade.

Quando me pus de pé, o chefe do bando estava do meu lado.

— Pastor, é a última vez que falo na moral contigo. Entrega o menino, a gente tira ele daqui e tá tudo certo, tudo em paz. Depois eu ainda mando um menor pra limpar esse sangue, e vida que segue.

— Não.

Minha mente gritava para que eu saísse do caminho, mas meu coração me revestia da coragem dos homens santos. Eu sabia que não era santo nenhum, mas minha fé era em um Deus poderoso, que nenhum mal podia alcançar.

— Não? Como assim não?

— Você não vai levar o menino. Eu e minha esposa levamos ele pro hospital no meu carro, e ele nunca mais volta aqui. Você tem a minha palavra.

Naval coçou o queixo com o mesmo dedo que alisava o cano do fuzil, e antes que eu pudesse perceber o movimento, sua mão espalmada atingiu meu rosto, um golpe desmoralizador. Se ele quisesse mesmo me ferir, teria dado um soco.

Mesmo assim, meu corpo recuou com a violência do golpe, e o movimento fez com que a dor em minhas costas explodisse e doesse mais do que o tapa.

— Tua palavra vale de merda nenhuma, Pastor. Esse moleque quis desafiar os amigos e se juntar com os alemão, a única solução pra isso é a morte. Ninguém desafia a firma. Nem você.

Tentei me empertigar na sua frente, mas a lombar me espremia e impedia que eu mantivesse o corpo ereto.

— Seu Naval... Welinton... Eu não posso deixar você sair daqui com esse menino...

— Curuba, me dá essa pistola. Ele pegou a pistola com a mão esquerda e encostou o cano no meio de minha testa. — Pastor, vai pra casa. Pega Dona Rejane e vai lá pros fundos. Ora pro teu Deus, deita e dorme. Você não vai ter outra chance.

Eu ignorei a pistola preta na frente dos meus olhos, e mirei os dele.

— Não. Se for pra ser cúmplice de assassinato, que o Senhor Jesus seja testemunha de que não fraquejei, e que Ele possa me receber em sua morada.

Ele manteve o olhar duro por uns dez, ou quinze segundos, quem sabe. Pareceram eras, horas. Eu pensava nas minhas filhas pedindo para a gente se mudar dali, mas pensava também nos fiéis, no rebanho que Jesus tinha colocado em minhas mãos... Como eu ia subir ao púlpito e pregar a palavra do Senhor se eu entregasse o menino?

Naval abaixou a arma de minha testa, devagar e olhando para o chão, como se procurasse alguma coisa. E esticou a pistola para Ditinho.

– Dona Rejane, é melhor a senhora sair daí.

– Não! Quando tentei segurar seu braço, fui agarrado por dois bandidos. – Por favor, Seu Welinton...

– Já que você não quer me dar o moleque, ele vai morrer aqui mesmo. Depois você se explica pros vermes. – Dona Rejane, por favor? Ela não se mexeu, abraçada e chorando junto com o menino Benedito. – Não? Então tá. Tira essa senhora daí.

O bandido chamado Babu agarrou o braço de minha esposa com força e deu um puxão. Foi difícil arrancá-la de seu abraço desesperado, porém não era mais uma menina, a minha Rejane. Eu percebi que eu mesmo chorava quando tentei falar.

– Não... Por favor...

Naval agora estava com a pistola apontada para a cabeça de Ditinho, todo encolhido no canto. Eu tinha que dar uma última cartada.

– Você não pode matar alguém na casa do Senhor! – gritei.

Naval parou, olhou pra mim e abaixou a arma. Nesse momento, eu soltei todo o ar que havia em meu corpo. Calmamente, como se confessasse um pecado, ele disse:

– Você tem razão. Eu nunca poderia matar alguém na casa do Senhor. – Apontou o dedo indicador da mão direita pra cima. E depois pro meu peito. Mas esta é a casa do senhor, e não do Senhor – e, com o dedo indicador da mão esquerda, apertou o gatilho.

Fiquei feliz por Rejane ter desfalecido com o estampido seco e ensurdecedor que ecoou em nossa pequena igreja. Ela não viu como eu, em câmera lenta, o buraco pequeno que a bala fez no rosto de Ditinho, logo acima do olho, e como ela explodiu em sua nuca, pintando o canto da parede onde ele estava deitado de sangue. Eu piscava os olhos para afastar as lágrimas, e fui deixado em paz pelos bandidos que me seguravam. A voz do menino Benedito ainda escoava em minha cabeça: "Pastor, cadê Deus nessa hora?"

— Vambora, pessoal. Naval devolveu a pistola pra Babu. Um a um, os bandidos foram deixando a igreja pela porta dupla, restando apenas o chefe do bando. Eu me abaixei para ajudar Rejane, a dor nas costas subindo como garra pelo meu ombro, então ele se voltou e olhou pra mim, alisando o cano do fuzil com o dedo indicador da mão esquerda.

— Fica com Deus, Pastor. Daqui a pouco os canas vão chegar aí, e você vai precisar Dele.

"Cadê Deus nessa hora, Pastor?"

— Você já está com Ele, menino Benedito... Você já está com Ele. — sussurrei para o cadáver quando a porta se fechou. Enxuguei as lágrimas com as costas da mão e disse, com os dentes trincados:
— E que Ele um dia possa me perdoar.

Fantasmas do Natal passado

"Jogada ensaiada, pro Dunga... Ele vai bater no segundo pau..."
— Vai, porra. O cigarro dançava nos lábios enquanto Natal murmurava.
"... todo mundo fechou, lance legal, olha a chaaaaaaaance!"
— PUTA QUE PARIU! A guimba voou, Natal bateu o copo de cerveja na mesinha com força e se levantou, assustando Alice, que gritou. — Desculpa, filha, desculpa.

O homem se abaixou para acalmar a menina de seis anos, que brincava no chão da sala, em frente à TV, com suas bonecas, e aproveitou para catar a bituca acesa antes que ela fizesse mais um furo no tapete. Na tela, Galvão Bueno balbuciava alguma coisa com Pelé.

— A culpa não é sua não, filha, é desse perna-de-pau do Márcio Santos.

Enquanto pegava outra garrafa de cerveja na porta da geladeira, lembrou-se da reprimenda que Naiara lhe dera no dia anterior, na delegacia. "E como é que o cara faz pra não beber todo dia? E tem mais, é jogo da Copa!" Naiara ia longe na Civil, ele tinha certeza, e ainda era uma boa amiga.

Na sala, Aline ainda estava no chão, brincando. Trouxe para a menina, em um potinho, quatro biscoitos de Maisena e colocou a seu lado. Na TV, o lateral Leonardo dava uma cotovelada no jogador americano Tab Ramos e era expulso. Acendeu mais um cigarro pra poder suspirar melhor e não xingar de novo. Quem diria que teria que segurar seus palavrões e ser bom exemplo para uma criança? A mãe a deixara em sua porta com um ano, e Natal sequer sabia que ela havia engravidado. Se não fosse Dona Carmem, a vizinha de porta de seu apartamento, ele não saberia nem por onde começar. Caçula de três irmãos, criado por um pai rígido – forjado no fogo das ruas, também policial – não fazia a menor ideia de como prover a uma criança, que dirá a uma menina. Mas era doce, a pequena Aline, e aqueles anos talvez tenham sido os mais amorosos de sua vida.

    Aos 45, Romário me chuta uma bola no pé da trave direita, e desta vez a própria Aline o repreendeu pelo palavrão. Desculpa-se, puxa do copo, que chega já seco em seus lábios. Mijada do intervalo, mais uma cerveja e um cigarro. Quando finalmente Bebeto chuta e faz a bola morrer lenta no fundo da rede – depois de toda a linhagem dos Souza Faria ter sido amaldiçoada por mais um gol perdido minutos antes – e o grito de gol pode finalmente se libertar, toca o telefone celular Startac em cima da estante.

    – Natal – era a voz de Naiara – achamos o canibal.

    Natal imediatamente olhou para a menina. Neste momento, ela montava um mini-piquenique para aquelas bonecas e bichinhos de tamanhos compatíveis. Natal acendeu outro cigarro e quase decepou o filtro na mordida raivosa.

    Toda a investigação sobre o canibal do Méier havia sido suspensa para o jogo das quartas de final, naquele 4 de julho de 1994. Estavam perto, todos sabiam, mas mesmo uma equipe tão coesa quanto aquela precisava descomprimir, e o Dr. Solenir sabia disso.

"Vão pra casa, vão ver o jogo, amanhã a gente continua. Toca daqui, povo de Deus!", disse o delegado, quase enxotando os agentes.

Era a terceira criança que o canibal pegava. Trinta e duas horas naquela sala escura, sem dormir, abastecido com café e cigarros, sem ter como saber se o sol se punha ou não, a sala de vídeo da delegacia não tinha janela. Trinta e duas horas se envenenando com o que há de menos humano na alma humana, consumindo pelas retinas o chorume imoral e inexorável da maldade. Em toda a sua vida como policial, Natal nunca vira nada parecido, e rogava para que nunca mais visse. Nós levamos nossa vida com a falsa ilusão de que o tecido social nos servirá de rede de segurança, e quando ele esgarça somos confrontados com a verdade suja que todos tentamos esconder, alguns mais que outros. O ser humano é um animal imundo, e mau em sua essência.

Na tela do vídeo, o canibal olhava maliciosamente para a câmera, segurando um objeto fálico que parecia estar manchado por algum fluido escuro e chupando uma chupeta. A falta de nitidez do VHS protegia o policial dos detalhes mínimos – graças a Deus – mas o padrão de comportamento exibido pelo canibal na outra fita não deixava dúvidas quanto à natureza daquela mancha. O corpo inerte de uma criança jazia na maca suja que ficava no centro do cômodo. Não dava para saber ser era um menino ou uma menina. As cenas se sucediam em uma pororoca de chorume; aquele homem magro, com as costelas aparentes e o dorso coberto de pelos, vestindo apenas uma cueca daquelas que se compra em copinhos no Mercadão de Madureira e de chupeta na boca, realizando bestialidades que faziam Natal socar a parede de raiva. E a fita parava quando ele começava a se alimentar da criança morta – em cujo rosto Natal só via Aline. Sua filha.

– Dona Carmem...

– Caramba, Natal, na hora do jogo! Ih, olha, foi expulso um deles também!

Natal ajeitava o revólver no coldre com alguma dificuldade, e conferia a pistola – a de numeração raspada – na cintura.

– Eu sei, eu sei, Dona Carmem... Mas é que...

Aline se postava atrás dele, segurando uma boneca *barbie* pelos cabelos.

– Tá bom... Vem, Lilica, vem! Você quer Trakinas? Eu sei que seu pai só te dá esses biscoitos maisena sem graça... – e abriu os braços para receber a felicidade de seis anos e duas bonecas.

– Tchau, filha – Natal ainda balbuciou, em vão. A menina já se abancava no sofá a esperar seu prêmio de consolação e ausência. "Tudo bem", pensou ele.

– Você bebeu, Natal?

A primeira coisa que Naiara falou, a primeira coisa que Naiara sempre falava quando encontrava Natal depois das dez da manhã.

– Porra, Naiara... O jogo do Tetra!

– Mas o Brasil ganhou ou não?

– Acho que ganhou... Quando saí de casa, estava um a zero.

O porteiro estava apavorado. Os seis policiais se preparavam para subir as escadas, o elevador havia sido desligado para evitar a fuga, aparentemente com alguém dentro, pelas batidas que ecoavam pela portaria.

– Tapa a cara com o brucutu pra disfarçar esse bafo de Brahma.

– E eu bebo Brahma, por acaso, Naiara? – disse Natal, antes de vestir a touca preta que lhe deixava apenas os olhos de fora.

– Pessoal – Naiara agora se dirigiu à sua força-tarefa –, o

prédio está cercado, e pelo que consta em nossas investigações, o suspeito não tem o perfil de engajamento. Mas fiquem atentos, ele pode ter uma garrucha, ou uma porcaria dessas. O mais importante é que precisamos tirá-lo daqui vivo. O governador quer esfregar esse maldito na cara da mídia pra ajudar na campanha presidencial. Ciente?

A resposta foi quase em uníssono, porém tímida.

– Senhores, é sério. São ordens expressas do Dr. Solenir. O prédio está cercado, não tem como esse desgraçado fugir. Não tentem fuder a minha carreira, eu fuderei com vocês antes. Ciente?

Desta vez o grupo respondeu com um pouco mais de convicção.

– Então vamos. Naiara subiu o brucutu e fez sinal para subirem.

Pelas escadas só se ouvia o roçar das fardas e o anel das bandoleiras. Sexto andar, final do corredor. A policial se postou à frente da porta, e fez sinal para o grupo. Dois dos homens se adiantaram com artefato cilíndrico e arrebentaram a porta.

"Policia! Todo mundo parado!" – um a um, eles entravam e vasculhavam cada cômodo. "Polícia, não tem pra onde fugir!", Naiara repetia, de arma em punho. "Nada na cozinha!", "Nada na sala!", "Aqui também não!", repetiam os policiais.

Coube a Natal abrir o único cômodo que estava fechado. Apontando a pistola com a mão direita, tentou a maçaneta com a direita. Não estrava trancado e, quando a porta se escancarou, sua garganta se fechou, como se estivesse expelindo um caroço de abacate que ficasse preso antes de chegar ao palato.

Era o quarto dos vídeos. Uma cama com os pés quebrados em um canto, um montruo de roupas de cama e travesseiros encardidos. Em cima de uma mesa, no outro canto, materiais cirúrgicos e bandejas de inox se misturavam a facas e garfos. No meio do quarto, uma maca com um lençol manchado. E roupas infantis manchadas de vermelho e marrom.

– Natal – Naiara colocou a mão em seu ombro e ele se virou, assustado, com a pistola apontada para a cara de sua parceira, que manteve a frieza. – Calma. Abaixa a arma, sou eu.

Natal não conseguia falar, sequer pedir desculpas. Abaixou lentamente a arma com o braço trêmulo.

– Natal, vem. Ele não está aqui. Vai lá pra fora esperar a perícia.

Naiara o pegou pelos braços e o tirou da entrada do quarto. Natal caminhava lentamente, olhando para baixo, medindo cada passo. Entre fardas, armas e barulhos de *walkie-talkies*, chegou ao corredor. Com dificuldades, tirou o maço de Hollywood que estava no bolso sob o colete à prova de balas. Segurando o maço com a mão direita, bateu no dedo indicador da mão esquerda até saírem o isqueiro Bic e um cigarro. Acendeu-o, com dificuldade, e puxou um trago fundo. Os pensamentos não tinham densidade em sua cabeça, entorpecida pelo ódio. As imagens do quarto vazio eram preenchidas com os elementos que ele vira nas fitas de VHS. Natal comprimiu os lábios e o cigarro caiu. Foi quando ele viu a chupeta.

No chão, quase encostada à parede, estava a chupeta que o canibal chupava nas fitas. Natal olhou em volta e tomou a decisão de não chamar ninguém. Abaixou-se, pegou o cigarro e colocou novamente na boca.

Na primeira porta do corredor, barulho da TV ligada e comentários sobre o jogo. Na segunda, silêncio. Ou quase. Com o ouvido colado na madeira, um choramingo sufocado.

Natal se afastou um metro, e deu com o pé direito na altura

da maçaneta. O caixonete cedeu, e revelou uma senhora, já idosa, de camisola, sentada em uma poltrona virada para a porta. Um homem magro, apenas de cuecas, tampava sua boca com uma das mãos e segurava um facão na outra. O canibal do Méier.

– Larga ela, filho da puta. Natal segurava a pistola com as duas mãos. Agora ele não tremia.

– Então, policial... Ihihih... – a voz esganiçada era entremeada por risadinhas secas. – Eu sou doente... doente...

Natal mirou na cabeça do canibal e começou a pressionar o gatilho. Não tinha como errar dali. A senhora arregalou os olhos, tentando fazer "não" com a cabeça. Mas Natal não viu, seus olhos estavam fixos no buraco que ia fazer na testa daquele monstro.

De repente, o canibal soltou a velha e a faca, levantando os braços para o alto.

– Tá bom, tá bom... Ihihih... Você me pegou... Eu sou doente, policial... Doente...

– Natal, abaixe a arma. Ele se rendeu.

Logo atrás, atraídos pelo barulho, estavam Naiara e os outros policiais. Natal nem piscava, a arma ainda apontada.

– Doutora... Pode me levar, Doutora... Mas eu sou doente, viu? Ihihih... Doente...

– Natal... – Naiara falou mais uma vez, com delicadeza, e estendeu o braço para o braço de Natal. Mas não chegou a tocá-lo.

O primeiro tiro pegou no olho direito do criminoso, fazendo um buraco e pregando no rosto do novo defunto uma expressão de surpresa. Antes que caísse, um segundo tiro atravessou a sua boca. "Natal!", gritou Naiara, em vão. O policial foi na direção do corpo que caía e puxou o gatilho outras vezes, mais até do que havia balas no tambor. A arma fazia "plec plec plec" apontada para o monte de carne inerte no chão, sobre uma crescente mancha de sangue. Natal então parou e olhou para Naiara.

Ela estava com uma das mãos na boca e com o outro braço continha o resto do grupo, que não fazia a menor resistência.

– Caralho, Natal… – disse a mulher, quase sussurrado.

Ele então estendeu a arma para a amiga e chefe, segurando-a pelo cano. Ela tirou a mão da boca e segurou a pistola, ainda atônita.

Natal se sentou no sofá, puxou mais um cigarro – realizando o mesmo ritual – e o colocou na boca. Acendeu o isqueiro e, antes de chegar ao cigarro, parou.

Guardou o cigarro de volta ao maço, e apoiou a cabeça nas mãos, cotovelos nas coxas.

Carcará

O carcará não é a águia do sertão, como muitos pensam; na verdade, ele se aproxima mais do falcão, na reunião de família. Também não é um predador especializado, e sim um generalista, um oportunista. Em vez de "pega, mata e come", é mais um "opa, tá dando mole ali vou comer". Cada ninhada se compõe de dois ou três ovos, mas é difícil a formação de bandos, geralmente sua vida é solitária ou em dupla. Mas aquele ali era ortodoxo, estava sozinho.

E é a primeira coisa que Jessé vê quando abre os olhos. A ave coça as penas com o bico adunco e se aproxima em saltinhos.

A segunda coisa é o próprio carro, com as quatro rodas pra cima, do outro lado da rodovia, e uma fumacinha insuspeita a ganhar o céu quase branco de tanta luz.

Cinco horas dirigindo desde Fortaleza até Acopiara, mas quando saiu da BR e teve que entrar na estrada estadual que ia para Jucás a viagem ficou pior um pouquinho. Não era só o asfalto em péssimo estado de conservação, era o deserto. Quilômetros e quilômetros sem aparecer uma casinha, um posto, um andarilho. O aplicativo de GPS do celular preso no painel não indicava nem nome de cidade, era só "siga adiante".

"O que é que leva um ser humano a pagar pela morte do outro?", ele se perguntava toda vez, mas acabava dando de ombros. Ódio, cobiça, inveja, vingança. O que importa é que o dinheiro entra, essa fonte de mesquinharia humana não se esgotava e é com ela que pagava as contas. Dessa vez era a boa e velha vingança mesmo: abusada por seu padrasto (ela e mais seis irmãos), fugiu para a cidade grande, estudou, ganhou grana. Não podia salvar os irmãos, abandonados às mãos calejadas e língua grossa de Seu Vicente. Era cada um por si mesmo nesse mundão de Deus, mas trincava os dentes toda as noites de ódio e remorso.

Decidiu que economizaria o dinheiro da terapia se pagasse um pistoleiro pra mandar o Seu Vicente para os quintos, e lá estava Jessé, muito bem indicado como um atirador que nunca perdia um contrato. Fechava seus negócios sempre presencialmente e, após apertadas as mãos (o contraste da mão fina da arquiteta com os dedos calejados de tanto gatilho), a vítima já podia usar "finado" antes do nome. Nesse caso ainda tinha um bônus: como dizia uma das músicas de que Jessé mais gostava, alma sebosa era mais barato.

Nada na estrada, nada no céu — nem a nuvem que passa lá em cima que quase fez sua mãe chamá-lo de Gilliard — sorte que ela gostava mais de "Porto Solidão". Jessé cantarolava Belchior e fumava pela janela aberta do jipão Renegade, até que apareceu a porra do bicho. Não deu nem tempo de ver se era cassaco, quati, cutia ou paca, só deu tempo de virar o volante no susto. A desgraça foi exatamente na direção pra onde o carro virou, e ambos voaram pelo ar, o carro e o maldito do animal. Jessé atravessou a janela aberta do motorista e foi rebolado no acostamento, depois de capotar algumas vezes a mais que o automóvel.

– Você sabe que tá fudido, né?

Jessé olha para a sua perna direita, onde um calombo em estágio inchado e roxo denuncia que aquele osso ali já era. A simples tentativa de mexer os dedos faz subir uma onda de dor pela coluna como se fosse um medo elétrico. Uma tosse nascida pegada à respiração acusa pelo menos umas duas costelas quebradas, e o gosto de ferrugem sanguínea na boca diz que aquilo não vai acabar bem.

– Égua, quem é que tá falando?

O carcará estava do seu lado, com a cabeça na horizontal.

– Tu tá fudido, macho. Essa pata quebrada aí. Posso comer?

Jessé bate com a mão no ar assustado e se arrasta, para se afastar do bicho, sentindo cada pedrinha de asfalto que estava encravada na sua pele esfolada pelo atrito. O ombro também não parece estar em seu lugar normal.

– Sai, caralho! Cê é besta!

O carcará dá dois saltinhos pra trás, abre uma das asas e mete o bico nas penas da rinheira como se catasse piolho.

– Diabéisso de bicho falar agora?

– Pode ser sua imaginação. Pode ser você morrendo. Igual ao Geraldinho ali. – O carcará aponta com o bico. Jessé olha a carcaça do quadrúpede agonizando na estrada. Uma porra de um veado-campeiro, ainda jovem. O bicho ainda dava uns espasmos e mexia as pernas traseiras.

Enquanto olha para o veado-campeiro atropelado, Jessé sente a bicada no trapézio, arrancando um pedaço de carne. Dá um grito e consegue atingir o carcará com a cotovelada.

– Sai, caralho! Vai lá comer o Geraldinho, porra!

– Calma, rapaz. Não se come um amigo. Não enquanto está vivo. Eu conheço o Geraldinho desde pequeno, sempre foi meio abobado. Teve uma vez que...

– Cala a boca, porra! – Jessé tosse, e cospe uma borra de sangue escuro. Devia ter alguma coisa furada dentro de si. Aos poucos, sua mente vai clareando. Debaixo do banco do Renegade com rodas pra cima estava a escopeta. Da pistola que carregava no cós da calça, nem sinal. Deve ter voado pra longe enquanto ele mesmo rolava pelo asfalto quente e comia o cascalho com a própria carne. A cliente queria escopeta, tirambaço na cara pra destruir tudo e dar exemplo. A pistola era só pra defesa pessoal mesmo, essas estradas eram perigosas, nunca se sabe o que o cabra pode encontrar.

– Tu vai demorar muito? Porque daqui a pouco isso aqui junta um magote de urubu e eu não tô nessa pilha de brigar com urubu não, mah.

Jessé tenta se arrastar na direção do carro, mas a dor é grande. A perna que parecia quebrada quase urrava, e pequenos choques dançavam subindo até o cérebro. Apoia-se no cotovelo e respira fundo, com um som molhado. Começa a rir. Rir alto, gargalhar até perder o ar e cuspir mais sangue.

– Tá rindo de quê, macho? – O carcará dá umas ciscadas e olha fixamente pra Jessé.

– Porra... Todo fudido aqui na estrada, e ainda conversando com um bicho. Devo estar morrendo mesmo.

– Opa! Estamos aí.

– Vá te lascar, fidirrapariga! Num demora aparece o socorro.

O carcará emite um pio estridente que parece um riso.

– Tem socorro aqui não, mah. Tem dia que não passa ninguém, ninguém pega mais essa estrada não. Tu vai morrer aí mesmo.

Jessé dá outro suspiro e se arrasta na direção do carro. Dessa vez, devagar, ele vai avançando, igual a uma minhoca. O carcará acompanha de perto, sem encostar, dando os pulinhos.

Já está exatamente no meio da estrada, onde uma faixa amarela deve ter existido há muito tempo, ignorando os incentivos e os agouros da ave maldita, quando olha para o horizonte e vê um carro. Tenta se levantar, correr, fazer sinal, sei lá. Mas não arruma nada. Se o motorista não visse, ia morrer atropelado. Como o Geraldinho.

— Agora lascou mesmo, macho. Com sorte, esse aí vira também e ninguém vai ter que brigar por comida. Nem a Joana.

— Quem é Joana?

— A onça-parda que mora por aqui. Bom, ela prefere caçar, né? Mas não demora cai a noite, e tenho certeza que aquela ali não vai abrir mão de uma carne fresca.

Jessé tenta jogar seu corpo rente ao asfalto na direção do carro com mais agilidade, apesar da dor. Precisa pegar seu celular — que esperava ainda estar preso no painel, com o GPS dizendo "siga em frente por mais 150 quilômetros" — ligar pra alguém, pedir socorro. E pegar a escopeta debaixo do banco.

O barulho das rodas perdendo o atrito vem primeiro, e Jessé fecha os olhos pra não ver mais nada, ao mesmo tempo que o carcará abre as asas e dá um voo curto pra longe dali. Mas o carro consegue parar, uma Caravan cor de caramelo. O céu já começava a se avermelhar, um vermelho arroxeado que só o crepúsculo cearense possui, a Caravan sai da estrada, para no acostamento e Jessé pode ver descer um senhor já de idade, cabelos brancos e buchinho quase estourando o botão da blusa.

— Valha, macho véio! Peraí que eu vou te ajudar! O velho corre meio cambaleante, com as perninhas arqueadas. — O que aconteceu?

— O carro... Capotou... Atropelei o bicho... — Jessé aponta para o seu próprio carro, virado na estrada.

— Vem cá, eu te boto no meu carro e levo pro hospital. Tem

um posto de saúde em Balneário, deve ficar a umas duas horas daqui...

— Não, me leva no carro... Meu celular... Ligar pra alguém...

O velho então ajuda Jessé a se levantar, apoiando-o pelo ombro. Avançam para o Renegade devagar e com muita dor, Jessé arrastando a perna quebrada e gemendo.

— Você é daqui do interior?

— Não, sou de Aracati, mas moro em Fortaleza.

— Essas estradas aqui são horríveis mesmo... Eu moro em Jucás desde que nasci, mas pelo menos uma vez na semana preciso ir a São João.

Chegam ao carro capotado, e Jessé se solta do velho. Agachado, vê que o celular não está no suporte. O carcará volta para seu campo de visada pelo canto do olho, observando-o com a cabeça na horizontal. O cano da escopeta estava exposto — ela agora estava em cima do banco, porque o banco estava de cabeça pra baixo.

— ... nome? – o velho continuava falando.

— Oi? Ah, meu nome é Jessé.

— Prazer, eu me chamo Vicente.

Jessé já estava com a mão na escopeta pra empurrar mais pra dentro e parou.

— Vicente? De Jucás? Marido de Dona Hilda?

— Isso mesmo. Ei, que fuleiragem é essa, macho?

Jessé, apoiado no cotovelo, aponta a escopeta para a cara de Vicente. O carcará novamente dá o grito que parecia um sorriso.

— Isso é por não ter respeito com as crianças, seu fio de quenga.

E atira. De onde estava, sem ângulo, o tiro pega na cintura de Seu Vicente, abrindo um buraco que pegava a virilha e o buchinho do lado direto. O velho cambaleia e cai. O segundo tiro estoura a sua cabeça, a massa melecada de cinza e vermelho se espalha pelo asfalto quente e faz subir até uma fumacinha. "Mas é muito caro", disse a moça, "É caro porque é certo. Metade agora e metade no dia em que o caixão descer pra terra". Nunca tinha perdido um alvo, não seria agora. Mesmo fudido.

O carcará (também chamado de caracará, do tupi "rasgar com as unhas") dá um voo curto e crava as garras na perna quebrada de Jessé, que grita e bate com a escopeta. O bicho rola pelo chão, meio desajeitado, e se põe de pé novamente.

Jessé aponta a escopeta e atira. Nada. Uma espingarda de calibre doze faz um belo estrago na carne, e a aquela distância seria suficiente pra destroçar essa galinha metida a besta, mas tem um problema: só dois tiros por recarga. De algum lugar debaixo do jipão, o telefone toca. Jessé tosse, e vomita uma borra de sangue.

– Agora acabou, né? – o carcará riu, e saltitou na direção do corpo de seu Vicente, já sem vida com o buchinho pra cima. A primeira bicada arranca o olho e, quando o bicho olha novamente pra Jessé, tem algo gelatinoso escorrendo do bico. – Tu tá muito pebado, macho, mas não sou de briga não. Vou comer esse velho aqui primeiro que já tá morto. Não demora tem urubu aqui.

Jessé se arrasta até conseguir encostar no carro. Tateia com a mão, mas nem sinal do celular. Nada a fazer, apenas ouvir o celular tocar e observar o carcará rasgando a carne de Seu Vicente largada na estrada. De vez em quando, a ave olha pra ele com a cabeça na horizontal. E ri. Agora era só esperar que o socorro aparecesse antes que o sol fosse embora.

Ou que chegasse a Joana.

Mesa Posta

Uma história escrota, eu sei, mas me contaram assim e eu não posso florear. A realidade é muito mais escrota do que a ficção – ela apenas não tem estilo, como me disse o poeta Pedro Tostes uma vez – mas eu não tive nada a acrescentar nesta aqui, do jeito que ela me veio conto a vocês.

Cristina morava em Fortaleza e já tinha um filho, o pequeno Emerson, com apenas alguns meses. Como havia sido mãe solteira, nova, assim que o menino desgarrou do peito ela o deixava com a sua mãe e ia pra gandaia. Em uma dessas noites em que a cachaça amolece o juízo, Cristina conheceu Da Silva, um rapaz de sua idade que estava terminando o curso em uma escola da Marinha e voltando para servir no Rio. Sem pensar duas vezes, ela catou suas coisas e veio com ele para cá, largando o filho para a avó criar.

Com seis meses de Rio de Janeiro e depois da terceira surra, Cristina largou o marido e foi trabalhar em casa de família, se mudando para uma casa de posse em um bairro pobre. Pensava em voltar logo a Fortaleza, mas o Rio de Janeiro lhe parecia uma terra de oportunidades, e queria ganhar muito dinheiro para um dia poder dar uma boa vida a sua mãe e buscar seu filho. E assim o tempo foi passando, entre forrós, bebidas, faxinas e amantes violentos. Nunca deu sorte na vida, a pobre Cristina.

Dezesseis anos depois, com o dinheiro de uma ação judicial, Cristina decidiu que era hora de voltar, linda e esplendorosa para mostrar que havia vencido na vida. Ao chegar, encontrou sua mãe já bastante idosa, quem cuidava dela e da casa era um casal jovem, a menina franzina – porém trabalhadora, o rapaz já com corpo de homem, moldado pelo trabalho precoce, pelo sol e pelo sofrimento. Cristina nunca acreditara em amor à primeira vista, esse negócio de amor para ela era só uma desculpa que as pessoas davam para se comerem – coisa que ela nunca precisou, sempre deu para quem quis e quando teve vontade. Mas, logo ela, se apaixonou pelo rapaz. Logo ele, que disse seu nome ao recebê-la sob o portal de entrada:

– Emerson, senhora, seu criado.

Seu filho. Casado com Norma, morava ainda naquela casa e cuidava de sua mãe.

Na cabeça de Cristina, Emerson tinha saído de dentro dela, mas não era seu filho. Não podia ser, aquele homem todo ali na sua frente, ela o havia abandonado ainda bebê, quando só fazia chorar e sujar fraldas, agora cortava lenha e puxava água do poço artesiano, deixando os músculos expostos ao sol cearense, bem na sua frente...

Não foi preciso conversar muito, Cristina o convenceu de que o Rio era uma maravilha, não era a miséria toda do sertão, e que Emerson, rapaz forte e bonito, podia arrumar facilmente um emprego melhor – inclusive, disse que conhecia o dono de um forró na Lapa, seria moleza. Emerson iria com ela para o Rio, arrumaria um emprego e depois eles mandavam buscar todo mundo, até porque alguém teria que cuidar da velha, e Norma era perfeita para isso. E foram os dois, mãe e filho, para o Rio.

Mas a lua de mel de Cristina durou pouco; seis meses após a chegada de Emerson, sua mãe faleceu lá no Ceará, e, sem ter para onde ir, Norma foi se juntar ao esposo, morando os três na mesma casa.

As duas mulheres engravidaram quase ao mesmo tempo. Norma e Emerson felizes com a chegada do primeiro herdeiro do casal – mesmo na pobreza, um filho é sempre uma dádiva. Cristina desconversava quando lhe perguntavam quem era o pai, e parecia feliz. Curtiram juntas as gravidezes, sogra e nora, compartilhando dicas e sobrecarregando o pobre do Emerson com seus desejos e necessidades; o rapaz tinha que trabalhar dobrado na obra para comprar tantos remédios receitados pelo posto de saúde.

O filho de Norma nasceu primeiro, um garotão saudável, corado e cabeludo, chamado Ronald em homenagem a um presidente americano. Uma semana depois, a avó de Ronald entrou em trabalho de parto e pariu um monstro. Um natimorto deformado, arrancado a bisturi e guardado pra sempre em um caixão branco. Os médicos disseram à Cristina que houvera um problema de incompatibilidade sanguínea, mas ela dizia a todos que o defeito era a sua própria idade, e cercava o menino Ronald – seu neto – dos carinhos que daria a seu próprio filho.

Cristina transferia para o pequeno Ronald todo o carinho e cuidados que legaria a seu próprio bebê que morreu. Norma se incomodava muito com a relação de Cristina e seu filho, e em uma madrugada, após uma discussão feia que repercutiu em toda a vizinhança, foi embora pro Ceará apenas com a roupa do corpo. Não se pode dizer que foi apenas o mimo excessivo, ou seus parentes disfuncionais, mas o que aconteceu foi que o jovem Ronald cresceu e não deu boa coisa. Misturou-se com os marginais do local, e, além de usuário, começou a trabalhar no movimento. Sem opção, Emerson bancou uma atitude de pai e mandou Ronald para o Ceará, para viver com Norma, apesar dos protestos de Cristina. Lá, exercendo sua vocação voluntária de marginal, Ronald acabou assassinado por uma dívida de tráfico, sem merecer uma lágrima da mãe, e terminando por enlouquecer a velha Cristina e seu filho Emerson.

Na casa, hoje, Cristina jaz em vida. O único movimento é o de Emerson, saindo para trabalhar todos os dias e voltando para a prisão dos braços e pernas de sua mãe quando a noite cai. Nas horas de refeição, três pratos são postos à mesa: o de Cristina, mãe incestuosa e louca; o de Emerson, com a alma rota de culpa; e o de Ronald, filho de duas mães e de um pai enlouquecido, assassinado brutalmente a dois dias de distância.

E assim essa história aconteceu, e me foi contada. Se vocês soubessem onde é a casa, assim como eu, não conseguiriam deixar de pensar, ao passar em seu portão na hora das refeições, que naquele momento haverá uma mesa posta, com uma cadeira vazia em frente a um prato feito para alguém que já morreu.

O Carona

Richard Knight, britânico de 28 anos, vinha a 110 km/h na rodovia M3, quando atingiu e lançou longe o Honda Jazz da Sra. Anne Bater, 68, que morreu na hora. No tribunal, Richard alegou que o carro havia sido invadido por uma vespa, e ele, na agonia de se livrar do inseto, não viu o carro da Sra. Bater. Um exame psicológico realizado posteriormente confirmou a fobia de Richard, mas a Corte o baniu das estradas para sempre.

Pelo menos um por cento dos acidentes automobilísticos do mundo são causados por insetos. A maioria deles passa despercebida, principalmente quando fatais. Você está cruzando a Presidente Dutra quando de repente uma abelha entra pelo vidro e pousa na sua cara. No susto – e no desespero – você tenta espantar o inseto e *voilá*! Quatro rodas pra cima, vidro e óleo na pista, DPVAT na conta da sua mulher. Ninguém vê o percevejo esmagado no para-brisa, o besouro sob o tapete ensanguentado.

Janela aberta pra não sobrecarregar o ar-condicionado, Guilherme sentia o vento fresco da noite serrana em seu rosto. No banco de trás, Jéssica, ainda acordada, brincava com o bebê. Estranho. Mas, para Guilherme, o pequeno Bruno ainda era "o bebê", como se ainda não tivesse feito por onde usar um nome de gente. Já tinha oito meses, por isso o casal havia decidido que podia viajar. Guilherme olhou pelo retrovisor e sorriu ao ver a bolinha de mantas toda enrodilhada sobre o bebê-conforto, amparada pelas mãos amorosas de sua esposa.

Foi quando o besouro entrou pela janela, e o atingiu na têmpora esquerda. Com o susto, Guilherme virou o volante violentamente para a direita. Com a mão esquerda, deu um tapa no rosto incomodado pelas patas pequenas e ásperas do inseto, e em um momento o mundo ao seu redor ficou líquido. Em câmera lenta, como se mergulhasse em um oceano escuro, o carro girou três vezes no ar, antes de riscar o asfalto em uma cortina de faíscas geradas pelo contato do teto, e bater à beira da ribanceira. Guilherme buscava sua família com o olhar, mas via apenas um emaranhado de pano e gente girando em volta de sua cabeça. Mais uma pirueta no ar, e o veículo escorregou com os pneus estourados pela ribanceira, deixando tudo preto.

Assim que voltou a si, olhou para sua perna e viu que um rasgo lateral na carne ia do joelho até quase a cintura. A carne branca, exposta como um pedaço de banha de porco, e o sangue capilando lentamente. Do topo de sua cabeça, uma dor intermitente, como se tivesse batido na porta do armário da cozinha sem querer, predominava entre tantas outras pequenas dores. Estava deitado no fundo do carro, que agora era o seu chão. Ao seu lado, algo se mexeu, e começou a chorar. As mãozinhas do bebê buscavam alguma coisa, mas o corpo da mãe parecia um canivete fechado e não se mexia do outro lado do carro. "Jes" – Guilherme chamou, sem resposta. "Jes!", ele estendeu a mão direita e tocou no braço de sua mulher. Ela tossiu com um som molhado, e gemeu baixinho. "Está viva", Guilherme pensou, e na hora teve quer tomar a decisão de sair e buscar ajuda. O sangue já brotava com vigor do rasgo em sua perna, e a tentativa de se apoiar no lado esquerdo revelou algumas coisas quebradas.

Em breve aquilo incharia, e ele não poderia se mover. Não queria deixar a sua família ali, mas não conseguiria ajudar ninguém se ficasse – nem mesmo a si próprio.

Com o braço bom conseguiu se arrastar para fora do carro, através da janela quebrada do motorista. A subida era íngreme, mas a rápida olhada para dentro do carro o fez esquecer a dor. Se não conseguisse chegar lá em cima, sua esposa e seu filho pereceriam no fundo da ravina. Àquela hora, duvidava muito de que alguém tivesse visto o acidente; havia dirigido por pelo menos 15 minutos sem ver um outro farol na estrada.

Um braço e uma perna funcionando foram suficientes. Na metade do caminho, a dor no topo da cabeça começara a escorrer viscosa pela sua testa e seus olhos, e a cada tentativa de limpar o sangue dos olhos com as costas da mão trazia um pouco de terra para seu rosto.

Quando estava perto de chegar à estrada, ouviu o barulho de um caminhão.   Merda, agora vai demorar a passar outro! –, ainda pensou. Porém, quando venceu o acostamento, viu a luminosidade de faróis ao longe, no sentido contrário da pista em que estava. Sem força alguma, apenas na vontade, pôs-se de pé e arrastou a perna rasgada pela estrada, balançando o único braço que conseguia, e gritando. Pontos luminosos dançavam em frente a seus olhos, estava prestes a desmaiar, mas não podia perecer agora, não podia desistir, sua mulher e seu bebê ("Bruno, o nome dele é Bruno") dependiam de seu sucesso. Tudo isso Guilherme pensava enquanto atravessava a rodovia para chamar a atenção do carro que vinha na direção contrária, e tudo isso morreu quando seu corpo alquebrado foi atingido pelo veículo em alta velocidade e jogado para o fundo da ribanceira. A última coisa que sentiu foram as patas ásperas e incomodamente pequenas de algum inseto passeando em seu rosto.

Mais de uma semana se passou até que um andarilho encontrasse o carro capotado no fundo da ribanceira. Achando que tinha alguma coisa lá para roubar, ele viu foram os corpos de uma mulher e um bebê, já inchados e fedendo. Uma busca nas redondezas localizou, no dia seguinte, o corpo do motorista do outro lado da estrada, caído no meio das árvores. O fato de o acidente envolver uma criança atraiu toda a sorte de repórteres sensacionalistas. Duas emissoras de TV filmaram o resgate dos corpos, e tantos repórteres e curiosos cercaram a área que a polícia teve que fazer um cordão de isolamento.

De pé no acostamento, Guilherme assistiu a seu corpo e aos de seus entes queridos serem embalados em plástico preto e jogados dentro do Furgão amarelo. Se ainda pudesse chorar, teria chorado de raiva.

– Você sabia que dá para morrer engolindo um inseto? – Leonardo disse displicentemente, após uma pequena mariposa se chocar no para-brisa e despertar um grito de susto em Marcelo.

– Ah, para, Leo. Que nojo!

– Deixa de frescura, olha só – acionou o limpador e o jato d'água, varrendo a mancha esverdeada e cremosa com dificuldade. – Você pode engolir uma abelha e ela te picar por dentro, já pensou? Hein? Hein?

Leonardo tirou a mão do volante e cutucou a barriga de Marcelo, que deu gritinhos de "para, Leo" enquanto sorria. Viajavam juntos havia muito tempo, mas aquela era a primeira vez como um casal. Depois de tantos anos de namoro e disfarces, Leonardo resolveu assumir seu relacionamento com Marcelo perante sua família. Para seu espanto, ninguém em sua casa se surpreendeu, e todos acolheram a ideia até com uma certa felicidade. "Eu te disse" – falou Marcelo mais tarde, quando estavam a sós. "Todo mundo já sabia, e você medrado". Para Marcelo era fácil, nunca teve que esconder nada: sua mãe o apoiara desde o início, e seu pai, militar, se acostumou, com o tempo.

Decidiram comemorar indo para Friburgo, cidade serrana do Rio de Janeiro. Como Leonardo trabalhava na sexta-feira até mais tarde, saíram à noite e pegaram a estrada. "A gente pagou duas diárias, dá pra viajar à noite e amanhecer já no hotel-fazenda". Marcelo adorava aquele hotel, longe de tudo, perto apenas de cachoeiras e do amor de sua vida.

– Léo... O que é aquilo? – A mão de Marcelo pousou na coxa direita de Leonardo, quase em garra.
– O quê?
– Lá na frente... Ah, lá! É alguém pedindo carona.
– Louco, pedindo carona a essa hora... E mais louco quem dá.
– Mas e se ele estiver em perigo?
– Celo, em perigo estaremos nós, se pararmos. Além do mais, estamos quase no final da serra, falta pouco. Eu quero é um banho quente e...
– OLHA! Ele foi pro meio da pista!

Ao longe, um homem se dirigia mancando para a frente do carro, agitando um dos braços, como se pedisse socorro. Mesmo daquela distância dava pra perceber que ele não estava bem.

– Caralho! Leonardo diminui e pensou em cortar, mas

da pista contrária brotava uma luminosidade de faróis que denunciavam o perigo descendo a serra.

— E agora, Léo? Ele parece estar ferido...

— Agora que Deus me perdoe, mas não vou parar.

— Léo, você vai atropelar o moço! Marcelo tinha o buço molhado de gotas isoladas, e sua voz subira duas oitavas. Seus dedos se encresparam na coxa de Leonardo.

— Vou sim. Se eu parar, a gente está fudido. E acelerou.

Quando se aproximou do impacto, ele pôde ver melhor o homem. Com as roupas rasgadas e sujas de sangue, sangue no rosto, no braço, na perna. Tinha um olhar suplicante e agitava o braço direito em um gesto de desespero. Marcelo já choramingava com os olhos fechados e mordia o nó do dedão de sua mão livre, enquanto a outra deixava manchas arroxeadas — com certeza — na coxa do companheiro. Quando chegou a hora de bater, Leonardo apertou as pálpebras com força e acelerou. "Deus me perdoe", ainda pensou ele.

E... Nada. O momento esperado do impacto não aconteceu. "Léo..." — sussurrou Marcelo, sem abrir os olhos — "O que... O que..." Leonardo olhou novamente para a frente. Nenhum impacto, nenhum corpo, apenas a cobra de asfalto cinza, sinuosa e escura, à sua frente, iluminada pelos faróis.

— Não sei. Não sei o que aconteceu — disse com sinceridade.

— Mas, Léo... — Marcelo agora perscrutava o horizonte à sua frente. — Cadê o cara?

Instintivamente, Marcelo jogou o braço direito sobre o banco e inclinou seu corpo pra olhar para trás, para ver a estrada percorrida e buscar algum vestígio da suposta vítima. Foi quando ele viu Guilherme, sentado no banco de trás do carro. Um buraco no meio da cabeça alimentava o rosto com sangue grosso e pegajoso. Os dois olhos faiscavam brancos em meio a tanta vermelhidão, e era ódio e maldade que eles enviavam.

O grito de Marcelo fez com que Leonardo procurasse o retrovisor, e seus olhos se encontraram com o do carona indesejado. No susto, seus braços giraram o volante instintivamente e, após um breve cantar de pneus, o carro rolou pela ribanceira. Com um baque surdo, atingiu uma árvore de caule espesso, matando de imediato o motorista e jogando o corpo de Marcelo contra o defunto, para morrer de hemorragia algumas horas depois, fora do carro.

Da beira da estrada, Guilherme sorriu. Do canto de sua boca que se abriu com o sorriso, saíram dois besouros, de cascos negros e brilhantes. Ele os pegou com os dedos sujos de sangue e terra e os colocou na palma da outra mão.

– Que bom que vocês chegaram pra me fazer companhia... – sussurrou, parado no acostamento da estrada para Friburgo.

Lobimana, Lobismina, Lobimoça

— Caralho, viado, isso é muito som! — Júnior meteu a mão no volume e largou lá pra cima, ainda cantando junto o pagode que estava tocando no rádio. Três horas da manhã, e o maluco ainda tava cheio de gás pra ficar de zoada no carro da minha mãe. Pó é foda.

— Cara, tu não escutou pagode suficiente já não? O Marcelo tá até dormindo lá atrás.

— Dormindo porra nenhuma, Dênis. E dá pra dormir com esse vento na cara?

— E você quer que eu fume com a janela fechada, animal?

— Eu quero é paz. Ô, Júnior, quem é que canta isso?

— Dilsinho, cara. Vai me dizer que tu nunca ouviu?

— Então deixa ele cantar sozinho, tu tá atrapalhando o cara.

— Sai daí, vacilão!

Rolé suicida esse, sair de São Gonçalo e ir pra um pagode em Itaboraí. Conheço o Júnior e o Marcelo desde moleque, a gente estudou junto, cresceu junto e agora formávamos juntos na *night*. De carro era mais fácil, claro, o ruim é que eu tinha que beber pouco – na verdade não devia beber era nada, mas o Marcelo ficava monitorando a Lei Seca pelo aplicativo, e tome-lhe chão.

— E aí, gostaram do pagode? E das priminhas da Kelly?

— Show de bola, Júnior. Mas não tinha um pagode mais perto não? Ir é mole, foda é voltar, ainda mais nessa escuridão.

— E não vai dar pra voltar pela rodovia não, menino Dênis,

que tem Lei Seca ali na altura de Guaxindiba. Corta pelo Laranjal e pega o rumo do Alcântara mesmo. Bom que você já me deixa ali no Baixo Mutondo pra saideira. Falou, ajeitando os óculos na cara. Eu era o mais velho por questão de meses, mas o Marcelo tinha essa mania de chamar todo mundo de menino.

— Tem mais nada a essa hora ali, Marcelo.

— Sempre tem, menino Dênis, sempre tem...

— Boa, Marcelão. A gente para ali e o Dênis leva o carro pra casa. Nosso Uber!

— Vai ficar a pé aqui em Manilha mesmo, viado. Vai zoando mesmo.

O trecho entre Manilha e Vista Alegre era escuro, mas não dava pra tentar a sorte na Lei Seca. Eu tinha bebido, Marcelo não tinha carteira e a gente não tinha certeza se o Júnior tinha algum flagrante. Todo mundo sabia que ele gostava de dar um teco, mas ele fingia que não e a gente não se metia na vida um do outro, sempre foi assim. Até quando eu fiquei com uma das namoradas do cara da boca, os caras deram um toque, mas não censuraram – e ainda ficaram do meu lado na hora do ajuste.

— Esse papo de Itaboraí me lembra uma parada... Vocês lembram daquela lenda urbana de que o diabo tinha aparecido em um baile lá?

— Porra, Marcelo, vem falando de diabo a essa hora, moleque? Tá amarrado! – Júnior, mesmo vindo de família evangélica, fez o sinal da cruz.

— Ué, agora que você se liga em Jesus, leke? Jesus tá no banheiro do pagode também, vendo tuas paradas. Porra, Marcelo, catuca não! — Na verdade, tinha sido mais uma joelhada que ele tinha me dado, por detrás do banco do carro.

– Então... a história era a seguinte...
– Putz, vem Marcelo com essas histórias... Tu tá lendo muito, Marcelão.
– Não, essa a galera contava, real mesmo. Chegava um cara num carrão, no meio do baile, todo arrumado, e de chapéu. Aí começava a dançar, e tal, a mulherada ficando doida. Até que uma delas derruba o chapéu, e os chifres aparecem. Aí ele explode em chamas, fica só o cheiro de enxofre e uma galera queimada.
– Já ouvi essa – eu disse. – Mas na minha versão ele ficava girando, e o rabo dele cortava as pessoas. Tinha gente que jurava ter conhecido alguém que deu entrada no hospital geral com cortes profundos na perna e CARALHO!

Eu não vi exatamente o que era, parecia um cachorro — só que era grande, devia ser porco. No meio da estrada, antes de chegar a Vista Alegre, na parte que nem poste tinha. Eu puxei o volante para o lado com força, pra não meter o Celtinha da minha mãe no bicho, e o carro perdeu o prumo, girando no ar algumas vezes antes de parar em uma árvore, de ponta-cabeça.

Soltei o cinto e caí. Júnior estava desacordado do meu lado. Nada do Marcelo no banco de trás.

– Júnior! – Sacudi o amigo e nada. Soltei o cinto dele, e ele caiu no teto do carro, que agora era o chão, meio molengo. Na minha cabeça vinham aqueles carros de filme americano que encostavam no para-choque do outro e explodiam. Tanta cena de ação pra lembrar, e eu lembrava logo de filme galhofa.

A janela aberta ajudou. Minhas mãos pareciam enxadas, se enfiando na terra e no mato ralo, tentando sair dali. "Será que aquilo que era o tal do lote lindeiro que aparecia no manual da autoescola?", ainda pensei. Pensamento do caralho numa hora dessas. Me arrastei por alguns metros, a perna parecia quebrada, sei lá, só sei que não conseguia apoiá-la no chão sem que pequenas esferas brilhantes espocassem na minha frente e minha barriga resmungasse. Desde criança, a dor me dava vontade de cagar.

Apoiado no cotovelo, olhei para o carro; Júnior ainda estava lá.

– Júnior! Marcelo! – gritei. Vi que Júnior se mexeu, e no canto direito no meu olho uma moita se movia. Quando chegou mais perto, vi que se apoiava em quatro patas de uma forma meio esquisita, não simétrica, parecendo o Gyodai do Changeman. Era o bicho que eu não quis atropelar, a coisa que parecia meio cachorro, meio porco. Chegou perto, me cheirou (definitivamente canino, claro, foi o tamanho que me confundiu). A última coisa que vi foram as presas e a baba, que pegaram da minha testa ao meu queixo e se fecharam, em bafo de carniça e dor excruciante, daquelas que fazia com que eu me cagasse todo.

Gosto desses caras, na moral. O Marcelão sempre foi meio *nerd*. Lia muito, desde pivete. Essa lupa dele, nunca me enganou. E o Dênis, parceiro. Parceiraço. E a mãe dele ainda liberava o celtinha pro rolé. Tenho certeza de que eles gostaram do pagode. Tinha as primas da Kelly, né? Só gata.

A gente vinha na resenha. Dilsinho tocando no rádio. Fumando um careta com a janela arreganhada. Marcelo avisou que tinha Lei Seca, viu no celular, quebra pra Marambaia. Nem aí. Se parasse no Mutondo, eu ia dar um voo na Chumbada, rapidinho. Só pra arrematar. Tinha cheirado dois pós de cinquenta no pagode, cerveja nem deu estalo. Se Dênis deixa a gente no Mutondo, eu vou rapidinho e pá. Só pra dar um brilho.

– CARALHO! Dênis gritou e puxou o carro. Porra, tudo

virou de cabeça pra baixo. Só lembro de ter acordado deitado no teto do celtinha da mãe do Dênis. Foi Dênis que me chamou? Que abriu o cinto? Sei lá, fio. Só sei que o carro tava de cabeça pra baixo. E eu dentro dele.

    Foi Dênis mesmo, agora eu vi. Tenho que sair do carro. Cadê o Marcelo? Deve ter voado pela janela, tava no banco de trás. Sem cinto, né? Mas quem é que coloca cinto no banco de trás?

    Saí do carro engatinhando. Cadê Dênis? Ele gritou. Ah, tá ali. E que porra é aquela?

    Um bicho grande, parecia um cavalo pequeno. Deve ter sido nele que a gente bateu. A gente bateu? Acho que não, o carro ia estar mais fudido. O bicho tá lá perto do Dênis. O bicho tá... CARALHO, O BICHO TÁ COMENDO A CARA DO DÊNIS!

    Levantei, preciso correr. As pernas estão de boa, acho que um braço é que tá fudido. E um olho. Tentei abrir, mas tem vidro. Tem vidro dentro da porra do olho, e tá começando a inchar. Bem que minha mãe falou, "meu filho, isso não é hora de sair. Escuta a palavra do Senhor na sua vida!". Eu devia ter escutado. Vontade agora era dar um teco, mas é essa vida de teco que me afasta do Senhor. Eu tenho que mudar. Se eu sair dessa, eu vou mudar. Com certeza.

    O bicho largou o Dênis. Boca cheia de sangue, puta que pariu. Puta que o parola! Eu preciso correr, sair daqui. Ou me embrenho mais pra dentro do mato ou vou pra rodovia. Eu preciso de ajuda.

    Tentei correr pra estrada. Cara, não passa ninguém. Nenhum farol. Olhei pros dois lados, nada. No escuro, a coisa mais escura se movia com pressa. Com fome. Na minha cabeça, um hino que minha mãe gostava muito: "preciso ouvir tua voz / dizendo vem como está / não dá pra ficar assim / eu vou tentar mudar". Vem, Senhor. Diz pra mim pra eu ir como eu estou agora, que tá foda.

Vi Marcelo. Deve ter voado pela janela do carro. Estava perto da pista. Seu rosto abriu quando me reconheceu. Eu queria acenar, mas o rosto dele se fechou quando viu alguma coisa atrás de mim. O bicho tinha chegado, num galope meio suingado. Olho brilhando, fumaça quente fazendo bafo no ar da madrugada. Caí de joelhos e comecei a orar. Senhor, estou pronto. Eu só queria mesmo era um teco. Agora.

Era só uma vez no mês, e no começo era pior. Cada junta, cada articulação que se dilatava me causava uma dor que só a do parto. Não que eu já tivesse parido, claro, mas a minha mãe sempre contava que a bacia abria um espaço maior para deixar passar a criança, um abacaxi se espremendo pra sair pelo espaço feito pra entrar uma uva. Ou uma manga-rosa, mas aí é a gosto de cada uma. E mamãe sabia exatamente o que era parir, foram seis machos escrotos que ela colocou no mundo antes de mim. Mas o pior era a mandíbula, que se arregaçava toda pra receber novos e afiados dentes – presas, né?

Logo depois eram os pelos, engrossados, de uma tonalidade meio castanha. Eu não ia ser um lobisomem opa! Uma lobimana, como eu gostava de me chamar – de pelos azulados, como nas lendas europeias, né? Aqui é vira-lata caramelo, porra. É nós, cachorrada!

Eu sempre fui muito peluda mesmo, então isso nem incomodava tanto. Era a adaptação mórfica, e a fome. No começo era pior, porque tinha essa pulsão animalesca, tá ligado? Puro id. Mas o superego e o ego ficavam abraçados, tremendo, no fundo da mente, assistindo a tudo e pensando: "olha a merda que você tá fazendo, cara?"

Até que os gatos não estavam mais dando conta — os postes do Jardim Catarina nem tinham mais tanto espaço para cartazes de "gato desaparecido" — e a gente foi pra pista. A madrugada oferecia toda a sorte de caça que eu pudesse consumir, sem culpa. Bandidos, traficantes, violadores de toda espécie. Às vezes dava ruim, claro, e eu errava no julgamento, como aquele casal em setembro, na moto… Mas prefiro não me ater aos momentos ruins, sabe? Uma coisa de filosofia zen e filosofia foda-se? Não pedi pra ser doente, e minha doença era meu escudo, a maior parte do tempo.

Até porque na vida humana eu era vegana, tá? Vegana *good vibes*, incenso, namastê e duboldinho.

Eu já estava escolada, então: noite de sábado, lua cheia, todo esse papinho. "Mãe, vou sair, tá? Vou cedo pra casa da Tamara, tomo banho lá." Eu tinha que sair antes que escurecesse, não podia dar mole. "Ô, mãe, fica de olho nessa menina, ela tem andado estranha esses dias aí", "Toma conta da sua vida, Zé Mauro!". Um doce, minha mãe. Não merecia essa ruma de homem filho da puta que colocou no mundo.

Minha área era aquela ali: Laranjal, Marambaia, Vista Alegre. Aquele tinha sido um dia ruim. Perto do trevo, quase peguei dois moleques numa moto, mas escaparam por pouco. Já estava quase desistindo, atravessando a rua de boa, e me vem um celtinha azul-marinho só no farol baixo. Saí a tempo, mas ele não.

Freou, guinou para a esquerda, e começou a capotar. Primeiro o motorista, nem teve tempo de reclamar. Cheirei bem a presa, focinho molhado e saliva escorrendo pelo canto da boca. Eu gostava de cheirar antes, gosto de perfume caro comprado na Nipon e gosto do cheiro do medo. Abri a bocarra e comecei comendo pela cara, a cabeça pequena cabendo quase toda dentro da boca. Estava no pescoço, arrancando pele, carne, veia, tudo, quando senti o cheiro. O filho da puta se cagou todo, é mole? Aff, rasgo barriga, mordo crânio até pocar e escorrer cérebro, mas tenho um nojo miserável de merda.

    Depois volto nesse. Fui atrás do outro, o que ficou preso no carro. Nem me apressei, aquele ali não ia longe. Eu sentia o cheiro do sangue dele (ego e superego agora nem abriam os olhos. SuperID no comando, bebê!), era diferente do cagão. Cheguei rebolativa, e ele parou. Ajoelhou e começou a ... rezar? Ahahah! O desgraçado tava rezando! O cheiro era diferente, alguma coisa de caroço de abóbora moída (vegana, lembra?) ... Cocaína. Mais um chincheiro do Senhor. Bom, eu também estava com o focinho molhado.

    Enfiei a garra no peito e puxei o coração pra fora. Engraçado como era fácil romper carne nesta forma lupina. Na forma humana eu tinha dificuldade até de abrir pacote de macarrão — mas também não era culpa minha se eles não abriam na junção, era puxar e voar macarrão no chão da cozinha. Mas assim não, era como enfiar a mão na lama da lagoa de Itaipu pra pegar caranguejo.

    Depois que eu comi o coração, comi os dois mamilos. Ele morreu sorrindo, o rezador. E aquela coisa toda de sangue, de cheiro, de suor... Putz, isso me dava um tesão danado. Brinquei com os mamilos na ponta da língua antes de engolir. Era bem pior quando o ciclo da lua coincidia com o meu outro ciclo, mas sempre dava uma coceirinha gostosa, esse lance de matar.

    Nesse, eu pude me alimentar com calma. Não se borrou todo, né? A cada mordida, a cada fungada na carne sangrenta eu ia me sentindo melhor. Mais plena. Mais... Mais loba. Lobimana, Lobismina, Lobimoça.

    De onde eu estava, eu só ouvi o "CARALHO" que o Dênis

soltou e comecei a girar. E quem usa cinto no banco de trás? A porra do Celtinha da mãe do Dênis começou a girar e eu perdi todo o resto.

Acordei por causa da dor. Abdominal, sem possibilidade de rotação do tronco. Hemorragia interna, claro. Forcei o vômito, mas só saiu bile e alguma cerveja. Eu esperava, pelo menos, o sangue escuro como borra de café.

Mundo borrado, sem os óculos. Miopia e hipermetropia, desde criança, acostumado ao exoesqueleto que me ajudava a ver o mundo. Tudo era borrão, parecendo um quadro de Monet — que pintava assim porque enxergava o mundo assim, eu li em algum lugar.

Mas livro nenhum me ajudaria agora. De alguma forma, eu consegui enxergar o Júnior – o Dênis eu não via em lugar nenhum. Sabia como ele se movia, conhecia o menino Júnior desde a infância – Geremário Júnior, quem é que coloca o nome do filho assim? Pelo menos na nossa época o *bullying* era permitido.

A alegria de ver o menino Júnior deu lugar a um desespero imediato ao ver a sombra que crescia por detrás dele. Agora eu lembro, o Dênis desviou pra não atropelar alguma coisa na estrada, e agora essa alguma coisa crescia perto do Júnior, uma sombra a mais, grande, naquela escuridão borrada que meus olhos conseguiam distinguir. O olhar de reconhecimento dever ter dado lugar ao olhar de medo, e Júnior nem teve tempo de olhar pra trás. Ele se ajoelhou, e foi estripado, profanado, violado. Comido. No mau sentido. Nesse momento, agradeci por não conseguir ver em detalhes.

Então o bicho veio pra mim. Na minha direção. Lentamente. Era quase uma coisa *sexy*, aquela forma meio antropomórfica, meio quadrúpede. Meio cachorro, meio mulher – e mulher gata. Ela – tinha que ser ela – chegou. Me cheirou, passou as garras levemente pelo meu braço – sem ferir. Um cão amigo – se não fosse o sangue em seu focinho, o seu bafo de carne crua – que te cheira quando você chega em casa depois do trabalho.

Os olhos eram de cão, mas o olhar era feminino, sedutor. O toque era suave. Foi dos braços para o peito, para o pescoço. Sorri, respirei fundo. Se essa era a morte, a morte era gostosa pra caralho.

A língua não era língua de gato – tenho gato, sei como é a sensação áspera. Era molhada, canina… Luxuriante. Senti mamilos, tetas, roçando em mim. Fechei os olhos. O som se enquadrava entre um rosnado e um lamento, não consegui perceber.

Quando as presas finalmente rasgaram a pele de meu ombro pela primeira vez, eu ainda sorria.

– Um dia você vai me explicar essa porra de aparecer aqui já de manhã, e me foder assim.

Tamara estava deitada de barriga pra cima, olhando para o teto. Carla, acocorada no horizonte da cama, lambia os dedos melados e sorria.

– É você que é essa delícia… Ainda tem aquele tofu que eu deixei aqui da última vez? Não só te faço gozar, gozo junto e ainda faço um café da manhã pra gente, preta, da melhor qualidade.

Não que estivesse com fome.

Pequenos animais

"É verdade que a mente humana é um combinado de fragilidades expostas em constante e mútua defesa de uma pretensa unidade. No fundo, todos temos a percepção de que a moral, a ética e o comportamento social estabelecidos são apenas convenções vulneráveis a que nos agarramos para que as comportas da loucura não arrebentem. Estamos com os nossos dez dedos das mãos a tapar vazamentos, e ainda assim temos os pés molhados com a insanidade. Tememos o que há por detrás do dique por sabermos que as regras há tanto difundidas para o nosso adestramento ontológico se aplicam apenas a esta camada superficial de existência que compartilhamos. O que a maioria de nós desconhece é que essas regras são jaulas, invólucros que têm por objetivo conter a nossa divindade e percepção do todo que se esconde atrás de véus esgarçados e puídos; um simples relance do mundo real é suficiente para que ele vaze para acima das canelas e nos contamine. A loucura é uma opção real de proteção, e não pode ser desprezada."
MORTON, Jerome

 Jaime Armênico sempre tinha a sensação de que só acordava debaixo do chuveiro. Não raro, ele nem se lembrava de como havia se levantado da cama, era um processo automatizado pela correria da vida adulta comum. Acorda, muta o alarme no modo Soneca, repete o movimento e levanta na terceira vez. Arrasta o corpo pesado para o banheiro, deixa a cueca pelo caminho e abre o registro.

Sentiu cócegas no pé enquanto inclinava a cabeça pra trás e recebia a chuveirada na cara.

– Putaquepariu! – quase escorregou em seu sapateado espontâneo pelo box. Uma barata, dessas de esgoto, gordas e brilhantes, tentara subir em seu pé. – Xô, xô! Caralho, que bicho nojento! – falou pra si enquanto afastava o inseto com ondas de água de sabão.

Pior que o asco em ver a barata seria esmagá-la, e Jaime suspirou aliviado ao perceber que não seria necessário. O bicho flutuava na espuma pra lá e pra cá, inerte.

Pronto, o banho acabou ali, e Jaime agora estava mais acordado do que nunca. Com papel higiênico, catou o bicho, fazendo careta, e jogou no lixo do banheiro.

Pegou a escova, colocou pasta e abriu a torneira. Apenas um filete fino de água saiu da bica, mesmo com ela toda aberta. "Ah, não acredito que isso está entupido..." Molhou a escova naquela miséria mesmo e começou a escovar os dentes. Olhou-se no espelho, avaliou a barba ("Dá pra passar o dia, fiz ontem") e as bolsas que se formavam sob os olhos. Ter chegado aos 40 um pouco acima do peso tinha suas vantagens, quase não tinha rugas, mas começava a achar que as bochechas caíam um pouco. "Vou ficar igual a um sabujo", pensou com a escova raspando o fundo dos molares.

Quando abaixou pra cuspir, viu o motivo do entupimento. Uma pata pequena, reptiliana, saía pela boca da torneira como se buscasse fuga. Sem pensar, bateu na ferragem e uma pequena lagartixa caiu na bacia de louça, morta e ligeiramente esmigalhada pelo esforço de passar pelas curvas hidráulicas.

Jaime vomitou ali mesmo.

Encontrou ainda um besouro morto em sua caixa de correios e, quando um pardal se espatifou em seu para-brisa no caminho para o escritório, ele percebeu que coincidências não são seriadas. Era mais do que isso, eram vários animais morrendo à sua volta em tão pouco tempo. E o pior, eles pareciam se aproximar com esse propósito; como a carne podre atrai as moscas, Jaime agora atraía a morte.

"Bah, deixa de palhaçada." – murmurou para si mesmo enquanto estacionava o carro ao lado do Corolla da dona da empresa. Seria um dia longo, com sua Santidade perguntando asnices e zanzando pelo escritório como se o dinheiro do pai lhe houvesse trazido algum conhecimento do negócio. Pensando nisso, nem viu o rato esmigalhado pela roda dianteira direita, próximo ao bueiro.

– Bom dia, Vasco. Teu time ontem fez vergonha, hein?
– Ih, seu Jaime... Esse time aí é a conta pra não cair. Ó, fica esperto que a Madame taí hoje.
– Já vi o carro dessa vaca no estacionamento, valeu.

Quando a porta estava se fechando, ainda viu Vasco correndo em sua direção: "Seu Jaime! Seu Jaime!", mas não pôde saber o que era, doze andares, olha no espelho, lê as recomendações de segurança, desce no *hall* da firma.

No final do corredor, na sala do chefe, a espalhafatosa Dona Irene era uma montanha de panos e perfumes. Jaime tentou se esgueirar para dentro de sua baia sem ser notado, mas o desgraçado do cachorro latiu, e Dona Irene virou.

– Seu Armênico-que-não-veio-da-Armênia! – quatro anos e essa piada sem graça. Maldito cachorro, uma bola de pelos esquálida de latido fino que a mulher usava como muleta emocional. "Deve até dar pra essa cachorro", dizia Estácio, do almoxarifado, enquanto comiam no churrasquinho.

– Dona Irene, bom dia. Tudo bem com a senhora?

O cachorro pulou do murundu de trapos com cheiro de madeira velha e foi latindo na direção de Jaime.

– Olha, o Joffrey adora você!

Nos infinitos segundos em que se deram a corrida através do corredor, Jaime se lembrou de tudo o que acontecera naquele dia, de todos os animais que morriam ao se aproximarem dele. O cachorro veio correndo, correndo ("pra me morder, esse desgraçado sempre me morde e eu soco a cabeça dele quando essa louca não está vendo"), e se aninhou nos pés dele.

E morreu.

– Ahn... Joffrey... – abaixou-se e fez um cafuné na cabeça em que tanto batera.

– Que lindo, Seu Armênico!

– É... – "mexe, cachorro. MEXE, CACHORRO". A bola de pelos jazia inerte a seus pés.

– Vem, Joffrey, vamos embora.

– Acho que ele dormiu, Dona...

– Que nada, é hora de ir. Joffrey! – andou até Jaime, abaixou e pegou o cachorro. Mole, com a língua pra fora. – Joffrey? JOFFREY! MEU CACHORRO! Meu cachorro!

Secretamente, a felicidade tomava conta do escritório. Desde Douglas, o *office-boy* que xingava enquanto raspava a merda daquele bicho miserável do carpete – era difícil, o cachorro não comia ração, e sim sorvete, chocolate e bolo de fubá – até Jerusa, a secretária do gerente, que uma vez tivera um *scarpin* roído. Todos se fingiam condoídos, mas sorriam por dentro. Menos Jaime.

Jaime apenas chorava, junto com a Madame, lembrando-se de que hoje era dia de pegar sua filha na creche.

Apneia

Um minuto. Não faz nem um minuto que eu desci e meu corpo já começa a pedir ar. Preciso treinar minha apneia. De que adianta ter piscina em casa e não conseguir prender a respiração? Quando a turma for mergulhar em Arraial, quero descer só com o *snorkel* e tirar onda, sem garrafa. Preciso treinar em casa. Um minuto e trinta, preciso subir.

– ... nessa merda dessa casa. O dia inteiro sozinha, a única companhia que tenho é quando o Sancler vem limpar a piscina.

– E de onde você acha que sai o dinheiro para pagar o Sancler? E a casa em Arraial? E essas caixas de doze anos que você bebe como se fosse água? Eu tenho que trabalhar!

– Trabalhar o caralho, você está é comendo alguém naquele escritório! Trabalhar até dez horas da noite e voltar com cheiro de bebida? Sim, porque você fala como se só eu SÓ EU fosse a bêbada da casa...

Meus pais viviam brigando. Quando não era por dinheiro, era por trabalho, era por amante, era pelo carro, pelo cachorro, pela casa de praia. O bom de estar debaixo d´água é que você não ouve nada. Um minuto e meio, até aqui tudo bem. Só a pressão da água nos ouvidos, dando a impressão de que posso ouvir as batidas do meu coração. Um minuto e quarenta e cinco.

– ... dar pro Sancler então! Ou então para outro empregado desses aí!

– É isso que você quer, né, Antônio? Que eu dê pra alguém? Pra você poder assumir aquela menina que você promoveu de jovem aprendiz a secretária? Jovem aprendiz de puta, é isso que ela é!

Sem pensar em nada, só em diminuir meu metabolismo e precisar de menos oxigênio. Daqui a pouco a discussão ia chegar a mim; conforme o grau de álcool subia, as barreiras da vergonha caíam, era sempre assim. De que adiantava ter dinheiro e viver nesse inferno? Um minuto e quarenta, bom, ainda não comecei a tremer involuntariamente. Isso é culpa do cigarro, aquele cigarrinho inocente da balada cobrava seu preço agora. Meu pai dizia que parou de fumar, mas sempre via maços ou guimbas de cigarro por onde ele andava, minha mãe fumava como uma pombagira, não sei por que fumar um cigarro na balada me fazia proscrito. Não vou trabalhar subindo escada nem mergulhando mesmo... Dois minutos.

– ... sua! Exclusivamente sua!

– Enquanto você brincava de ganhar dinheiro, eu cumpria meu papel de mãe, DE MÃE! Você nunca abraça seu filho, seu próprio filho, e vem querer me culpar? Vá se foder, você e seu dinheiro!

– Seu papel de mãe era mimar esse menino até virar -

Não puxei muito ar, não queria ouvir essa discussão mais uma vez. Parece que todo o meu destino tinha sido traçado pelo fato de minha mãe me dar amor ou não, como se um moleque que nascesse na favela não pudesse gostar de Vivaldi, tivesse necessariamente que ouvir funk e o Show do Antonio Carlos apenas porque seus pais ouviam isso. Sempre nessas discussões o meu nome boiava, meu pai ficava sem armas pra atacar mamãe e –

– ... de ir para o exterior quando terminar a escola, esse moleque vai é soltar a franga!

– Antonio, para, ele está ouvindo!

— Para é o cacete, tem que ouvir mesmo! Vai você querer proteger o seu menininho de novo, por isso que ele é assim! Por isso que ele —

Agora eu puxei ar. Diminuir metabolismo, não pensar em nada e — COMO não pensar em nada! Meu pai nunca ligou pra mim, tanto é que só recentemente percebeu o que eu sou. E eu não vou mudar por causa de filho da puta nenhum, eu quero é ser feliz, quero que se foda dinheiro, casa e trabalho na empreiteira! Vou fazer Martins Pena, quero nada com esse papo de ser engenheiro e... Dois minutos e doze segundos, nada mal!

— Pronto, voltou a sereia.

— Cala a boca, Antonio! Cala a boca! — e jogou o copo na direção do meu pai, espalhando vidro na beira da piscina.

— Isso mesmo! Ô, moleque, que papo é esse de artista? Então eu ralo a vida inteira pro meu filho ficar de viadagem no palco?

— Antonio!

— E esse menino, esse tal de Beto que vem aqui? Isso é namoradinho seu? Viadinho, é isso que você é! E tudo é culpa SUA, Marilene! Culpa SUA!

Que ódio desse desgraçado, ainda debaixo d'água consigo ouvir os ecos de sua voz mole de bêbado! Minha mãe sofreu a vida inteira por causa desse miserável, agora ele quer fazer a minha vida miserável também (um minuto e meio), um dia eu parto pra dentro dele e aí quero ver, tiro minha mãe daqui e vamos morar em Paris (um minuto e quarenta e cinco) sempre foi o sonho de minha mãe morar em Paris, lembro ainda dos olhos dela cheios de lágrimas, eu era pequeno, mas lembro da alegria dela no Champs-Élysées, que se foda (dois minutos, peito começa a apertar) um dia eu tomo coragem, esse dia vai ser hoje, vou subir (dois e dez) e dizer na cara dele que ele pode enfiar toda a grana na bunda e tirar pela boca (dois e vinte) agora quer implicar com o Beto, Beto é o único que me entende nessa vida de merda de ser invisível em casa e no colégio ser o centro negativo das atenções (dois e quarenta, bolinhas luminosas começam a rondar os olhos) mas um dia eu tomo coragem, um dia eu – vou subir e – aqui embaixo é tão silencioso – falo pra ele que – um dia –

Três minutos e oito segundos.

O brinco de Rui Barbosa

— Não quero saber, Daniel, EU QUERO A PORRA DO BRINCO HOJE!

A tarde já avançava quando o telefone tocou, e Daniel foi acordado pela voz de sua ex-mulher, gritando histérica do outro lado e que, se pudesse, passaria pelo visor do telefone e comeria seu fígado.

Em algum lugar entre o sofá e o chão, Daniel tentava segurar o telefone com uma das mãos enquanto buscava o tapete com outra, não sem antes esbarrar em algumas garrafas, copos e cinzeiros. Abriu os olhos lentamente, percebendo aos poucos o caos que restara da noite anterior. "Duas semanas solteiro, e isso aqui já virou zona". Mas por que logo a voz de Laura o tirara do torpor? Ah, tá. O brinco.

Era um brinco velho, com uma pedra preta ("ônix", ela dizia), e devia estar no mesmo lugar onde Laura o deixara. Ela gostava de tirar as bijuterias antes de dormir, quando se sentava no vaso sanitário para cumprir suas últimas obrigações fisiológicas, e os deixava no canto da pia, ao lado da privada. Ainda ontem de manhã, Daniel os vira lá. Nem os teria notado, se não fosse o telefonema de Laura no dia seguinte ao que saíra de casa.

"Daniel, eu não quero nada de você, seu escroto! Só quero que você me devolva o meu brinco de ônix que eu esqueci aí. Era de minha avó, foi presente de Rui Barbosa!"

Ele já havia ouvido umas quinhentas vezes aquela história de "presente de Rui Barbosa". Com a cabeça explodindo, arrastou seu corpo até o banheiro, tentando manter o máximo de verticalidade.

As paredes se fecharam um pouco, sua vista ficou e ele sentiu que alguma coisa que entrara em seu corpo durante a noite queria sair.

Ficou ajoelhado com a cara na privada um bom tempo, vendo o resto de sua dignidade se agrupar em espuma amarela e pedaços azedos de alguma coisa. O que era aquilo ali boiando? "Cara, trouxe um queijo foda que eu comprei lá no trabalho. Aposto que essas mulheres nunca comeram nada assim!" Gílson. Gílson estava lá na noite passada. Alguma coisa sobre mulheres... Sim, eram duas. Uma preta e uma branca, igual a peças de xadrez.

Limpou o último fio que pendia de seu lábio inferior com as costas da mão e olhou para a pia. Nada do brinco. O cordão estava lá, a pulseira de balangandãs neo-hippies também, mas o brinco de ônix não. "É, Rui Barbosa, azedou o teu pudim."

Banho frio, café de cafeteira sem açúcar, língua grossa dentro da boca. Daniel espremeu os olhos e conseguiu achar o nome GÍLSON no visor do celular.

Uma música começou a tocar, vinda de perto de onde ele estava. *I've got the moves like Jagger, I've got the moves like Jagger* – Porra, maluco... Já é de tarde? – disse a voz, que vinha do seu próprio quarto.

– Tu não tem casa não, mano?

– Que mané casa... Que horas tem?

– Sei lá. Se liga, você se lembra das mulheres que estavam aqui ontem?

– Lembro, lembro sim. Gílson agora tentava se levantar com dificuldade. – Eu as conheci na Cantareira, acho que fazem faculdade ali na UFF. O nome da pretinha é Juliana e... Porra, qual é o nome da outra?

— Neide. A branquinha se chamava Neide, agora me veio à memória. Acho que ela disse que era enfermeira, ou coisa assim...

— Nem sei, eu conheço só a Juliana. Mora lá no Morro da Coruja, doideira total. Topa todas. Você lembra as duas ali no tapete da sala?

— Cara, se liga: sumiu um brinco da Laura que estava no banheiro, só pode ter sido uma delas que levou.

— Aposto que foi a Luciana. Deve ter levado para trocar na boca por alguma coisa, a mulher é mó cracuda.

— Bora lá, Gílson? A Laura está enchendo meu saco por causa desse brinco.

— Mas ela não foi embora? Você é um homem livre! Deixa essa mulher para lá!

— Não... Esse brinco era da avó dela, foi dado pelo Rui Barbosa, longa história... Temos que achar essa bagaça.

— Bicho, a Luciana mora lá na Coruja. Você sabe que o bagulho lá é sinistro...

— Velho, vamos assim mesmo, senão vai dar ruim para mim.

— Beleza. Vou tomar um banho e a gente parte.

No carro, Gílson ligou para Luciana. Marcaram em uma das entradas da favela, perto da quadra do Porto da Pedra. Luciana chegou toda serelepe, com maquiagem pesada para disfarçar as olheiras logo de manhã.

— Vocês não dormem não, meninos?

— Que nada, Lu... Tamo ligadão em 220. Vem cá, te perguntar uma parada... Quando você saiu da casa do meu parceiro hoje cedo você levou alguma coisa? Gílson conhecia a menina havia mais tempo, tomou a iniciativa. Daniel roía unhas e tentava fumar o primeiro cigarro do dia.

— Coisa? Que coisa?

— Um brinco que estava no banheiro, com uma pedrinha preta — falar e fumar, garganta ressecada pela acidez do vômito, tosse certa.

— Ih, olha isso! Tá me estranhando, Gílson? Qual é a desse cara aí?

— Calma aí, Lu. É que o brinco era de família, e tal...

— Então só porque eu moro em favela sou bandida agora? Bem que eu achei esse maluco esquisito, todo *playboyzinho*, fresquinho. Então eu tenho cara de roubar coisa da casa dos outros? Vão se foder vocês dois!

Daniel se adiantou e pegou no braço da menina.

— Luciana, o bagulho é sério. Esse brinco era da minha ex-mulher, e eu preciso devolver isso hoje. Te dou até uma grana, mas devolve aí, por favor.

— Uma grana?

— É, um dinheiro bom, fica tranquila.

— Um dinheiro bom... Peraí então. Fica aqui no bar da tia que eu vou lá dentro buscar — e saiu apressada, entrando no labirinto de prédios do Vila Lage.

— Falei que a menina era maneira? Quando ela chegar, dá 50 contos e vamos ver se a gente marca uma parada mais tarde.

Minutos depois, volta Luciana e mais um moleque que parecia ter uns 16 anos, sem camisa.

— Aí, Nanado, esses são os caras que falaram que eu roubei o brinco.

— Qual é a tua, mermão? — falou Nanado com os olhos

esbugalhados e metendo a mão nas costas, como se pegasse alguma coisa no bolso de trás. – Cês vem de onde para chamar a mina de ladrona assim?

– Peraí, Seu Nanado...

–Peraí o caralho! A mina é dos amigos, e ninguém mexe com a mina dos amigos!

Gílson se adiantou para dar o bote em Nanado, quando um cara que estava no bar deu com uma cadeira de ferro nas costas dele, que caiu catando cavaco. Quando Daniel levantou a vista, já tinha uma arma na cara. Nanado gritava alguma coisa, mas enquanto a coronha descia e esfolava a pele do seu rosto, pegando no osso debaixo do olho, Daniel só percebia o quanto a arma era enferrujada.

Caiu de quatro do lado de Gílson, que começava a se mexer e gemer alguma coisa. Luciana lhe deu um bico na barriga com a força de um escanteio.

– Rala daqui, seu babaca! Ladrona é a puta que o pariu!

– Mete o pé, *playboy*! Se aparecer na Coruja de novo, vou largar o aço para cima de vocês!

Daniel arrastou Gílson para dentro do carro e arrancou em direção ao pronto-socorro municipal. No caminho, ainda cuspiu um dente numa borra de sangue pela janela, e o olho quase fechado dificultava a visão dos carros que vinham em sua direção.

Estacionou de qualquer jeito, abriu a porta e vomitou antes de entrar na Emergência. "Meu parceiro tá no carro!..", ainda conseguiu dizer, enquanto era levado para a maca.

Quase ficou cego quando a enfermeira colocou a luz na sua frente. Por cima do cheiro do vômito, do sangue e de alguma coisa podre, sentiu um perfume suave, junto com mãos brancas delicadas que pressionavam o inchaço generalizado que era a sua cara. Ele conhecia aquele perfume.

– Laura...?

– Não, meu nome é Neide. Agora fica quieto que eu vou fazer um curativo aí.

Antes de desmaiar, no reflexo da luminária viu alguma coisa brilhando na orelha da enfermeira...

Era o brinco. O brinco de Rui Barbosa.

Tudo numa noite só

— E aí, Bira, vai rolar o Flecha Prateada? Mal tinha acabado o jogo e o Fefeu já colava para sufocar.
— Que mané Flecha Prateada, cara, tá doido? Vamos a pé mesmo. — "Flecha Prateada" era como Fefeu chamava o Corsa da minha mãe.
— Porra, Grandão, e se a gente arrasta alguma mina? Sai de lá como, de Uber? — Fefeu ria igual ao Zeca Urubu, um troço meio "ri-ri-ri" que vinha do fundo da garganta. Se eu não conhecesse esse moleque desde que a gente era mirim, eu ia até achar que ele estava me gastando.
— Cara, tu sabe que minha mãe tá trabalhando e não libera o carro... Minha carteira ainda é provisória, só tiro a definitiva no ano que vem, mas eu tenho mais medo de minha mãe do que de perder a carteira.
— Caraio, véio, eu só tenho um amigo que tem carro, e ele ainda fica se amarrando. Tá ligado que a festa é na Chumbada, né? Só tem um ônibus que passa lá e depois de meia-noite é um abraço, a gente vai ter que ir a pé até o Mutondo. É chão pra caramba, Bira. Ainda tem os caras querendo invadir... E se passam dois caras de moto, a gente faz como? Eu pago a tua cerveja, vambora!

Fefeu era teimoso. Fui pra casa depois da pelada, comi no bar que fica debaixo do meu prédio, parti pra casa pra tirar o sagrado cochilo, e o celular no silencioso piscando sem parar. Acordei com

54 mensagens de Fefeu, meme e o caralho. Eu adorava quando minha coroa estava de plantão no sábado: podia comer no boteco tomando uma cracudinha – ou duas – e dormir sujo a tarde inteira depois da pelada. Mas o Fefeu sabia que ela deixava o Corsinha cinza na garagem, e ficava enchendo o saco pra gente dar rolé nele. Era baile de comunidade, era festa de 15 anos, até em jogo do Gonçalense lá em Itaboraí ele queria ir. Bicho maria gasolina dos inferno.

Mas ir pra Chumbada a pé era ossada mesmo. "A Kethelyn vai tá lá com as primas, leke!" – e tome-lhe foto roubada das primas da Kethelyn no visor do celular.

– Po, mas aí eu fico de piloto e bico seco, né?

– Nãããããããããããão, mano! Nem tem Lei Seca no caminho da tua casa! Tu mora na Trindade, Lei Seca é na Zé Garoto, no Tamoio ou em frente ao Sétimo Batalhão!"

Sem nem levantar da cama, ponderei. Era o aniversário de uma mina lá da escola, do segundo ano, acho que o nome dela era Débora, sei lá. Essa Kethelyn era pessoalzinho do Fefeu já, mas a promessa de primas sempre é atraente. Eu estava queimado na minha sala desde que terminei com a Jéssica, então seria bom ampliar minhas opções.

– Já é então.

E Fefeu mandou o *gif* do cachorro dançando com a bandeira do Brasil no fundo. Ele sempre mandava essa porra quando conseguia me convencer.

– Cheiro é esse, cara? Tá mais cheiroso que penteadeira de puta.

– Perfume, arrombado. Você fica tacando desodorante no

corpo todo, tem um negócio que os franceses inventaram chamado "perfume". Quer dizer "cheiro no quengo" em francês.

Fefeu ia zoar, mas ficou na dúvida se eu falava a verdade. "Vem você com esse papo de nerd", "Nerd não, eu só gosto de ler", "E ler não é coisa de nerd?" – diálogo de quase dez anos já.

Entramos no Mutondo e seguimos na direção do Galo Branco.

– Entra aqui.

– Pô, a festa é dentro da favela?

– Tranquilo, cara, a Débora é fechamento.

– Mas eu não sou, Fefeu. Vou botar o carro da minha mãe na favela?

– Abre os vidros, liga o alerta e a luz do salão e segue, mano. Tá sussa.

– Queria saber de onde você tira esse "mano". Fica vendo vídeo de paulista e mete essa porra de mano. Daqui a pouco tá dizendo "meu" – dei seta pra esquerda e entrei na rua que ficava na frente da entrada da favela – Bora deixar ele aqui fora e seguir andando. Melhor do que andar até lá fora pra pegar ônibus.

– Tá bom, "brother". É assim, igual a surfista, "brother"? – e deu a risadinha de Zeca Urubu.

Largamos o carro e fomos a pé. A 100 metros da principal já encontramos os "amigos", de radinho na mão e pistola na cintura, sentados na rampa da garagem de uma casa.

– Qual foi, rapaziada? Cês vão aonde?

– Boa noite, boa noite... Vamos na festa da Débora. – Fefeu era mais tranquilo, trocava na boa com o pessoal do movimento. Eu morava em uma área mais ou menos, e, mesmo vendo isso pelo canto do olho a vida toda, ainda me sentia meio intimidado.

– Ah, tá de boa. Vão querer alguma parada?

— Não, irmão, tá tranquilo — intervi antes que Fefeu comprasse bagulho.

— Porra, Bira, ia pegar uma muca de leve, a festa vai ser na casa de um parceiro dela, dá pra apertar um na encolha.

— Não, cara. Bora pra festa, lá tu arruma. Você não sabe qual é a dos caras.

— Tu é mó cagão mermo.

Devia ser já umas onze horas quando a gente entrou na casa. O aniversário era no quintal de um amigo da Débora, na beira de uma piscininha com a água toda verde e uma churrasqueira de tijolinhos, coberta por um telhadinho e iluminada por gambiarras. Eu achei que fosse ser um lance com família e bolinho, e estava mais pra churras da galera. "Que bom que vocês vieram! Coloca as cervejas ali no isopor, já vai sair uma carninha."

E saía mesmo, tudo regado. Cada um levou um *pack* de latinhas e a aniversariante deu comida. Ela namorava um maluco metido a DJ, então o som era maneiro, e ainda passavam umas batidas malucas pra lá e pra cá, um troço de cachaça e canela e gengibre e todas essas coisas estranhas que nego bota na cachaça. De vez em quando, uns dois moleques da boca apareciam por lá pra filar uma cerveja, um de fuzil no ombro. Fefeu aproveitou e comprou o fumo dele, largava a Kethelyn e as primas — que nem eram tão bonitas assim — e ia apertar um em algum canto com mais uns dois abas. Eu bebia minha cerveja com o cotovelo apoiado em um balcãozinho que tinha perto da churrasqueira, olhando tudo como eu gostava de fazer quando estava em lugar estranho, e pensando em qual prima da Kethelyn eu ia investir.

— ... estuda com a Débora?

Olhei pra ver de onde vinha a voz, fraca devido ao constante batidão que alagava o churras.

– Oi?

– Você estuda com a Débora?

Era a coisa mais bonita que eu já tinha visto nos meus 17 anos. Menor do que eu – o que não era difícil, sempre fui o cara mais alto da galera – pele dourada, um afro daqueles encaracolados que sobem meio palmo e descem pelos ombros, olhos escuros e curiosos.

– Não, estudo em outra sala... Você mora aqui?

– Não, moro no Catarina, sou prima da Débora.

Todo mundo é primo na favela, impressionante.

– Prima mesmo ou amiga?

– Não, prima mesmo... Qual é o seu nome?

– Bira... e o seu?

– Amanda.

Quando ela saiu de trás do balcãozinho que eu vi: estava grávida. Muito grávida. A mulher mais gata da festa, grávida. Maldita sorte, a minha.

Ela percebeu meu desconforto, mas tentou não demonstrar.

– Mas seu nome não é "Bira", ninguém se chama "Bira". Deve ser Ubirajara. Você tem parente índio?

– Não, minha mãe gostava de um livro que tinha esse nome.

– Ela é professora? Geralmente quem gosta de livro é professor...

– Não, enfermeira. Quantos meses? – e apontei pra baixo.

– Nove já... – ela alisou a barriga com ternura no olhar e no toque. Ela queria esse filho.

– Quase nascendo, hein? O pai deve estar feliz...

— É, deve estar. A ternura se desfez do olhar, e eu percebi que havia falado demais.

— Mas você tá longe de casa, hein? E aqui ainda é área de alemão...

— Tô ligada... Mas você não tem cara de bandido.

— Não, é? E essa aqui? — Fiz a pior cara de malvado que eu podia, e ela riu, um sorriso que tirou meu foco da barriga pela primeira vez.

— Com essa cara aí você assusta criança, mas não dá pra trabalhar no movimento não. Até porque teu parceiro foi trocar com os meninos da boca e você não, e nem foi lá fumar maconha com ele. Você é um bom menino.

— Fala isso pra minha mãe... Ela ia gostar.

E o papo fluiu junto com a cerveja e as horas. Amanda era engraçada, e eu não consegui pensar em mais nada da festa. Só queria ouvi-la falar bobagem e vê-la rir. As primas da Kathelyn viram que não ia rolar nada comigo e foram se arrumando por ali. Fefeu de vez em quando passava e batia no meu ombro, os olhos injetados de sangue e o sorriso mole. Devia ser umas duas horas da manhã quando Amanda foi ao banheiro mais uma vez, e ele veio me zoar.

— Qual foi, Grandão, investindo na buchuda? Quer arrumar uma mulher que já vai vir com HDzinho externo? Ahahah!

— Deixa de palhaçada, rapá. Conversando com a mina na moral aqui...

— Tu é doente, leke, na moral — e saiu, me deixando sozinho com a minha cerveja. Mas ele não estava errado, eu estava mesmo encantado por Amanda. Se ela não estivesse grávida... Será que eu era doente mesmo?

Uma correria pro banheiro que ficava na beira da piscina me tirou do devaneio. Amanda estava demorando, e eu logo liguei os pontos.

— O que está acontecendo? — perguntei para a Kethelyn, na porta do banheiro, ouvindo a voz desesperada de Amanda lá de dentro.

— Acho que a menina está parindo.

Débora então saiu do banheiro.

— Alguém tá de carro aí? — A bolsa da Amanda estourou, tem que levar ela pro hospital.

— Não tem como chamar o SAMU? — alguém perguntou.

— E o SAMU vai entrar aqui na favela? Tem que sair com ela daqui, e rápido!

Nem vi que Fefeu estava atrás de mim.

— Caralho, velho. Você vai ter que levar a mina pro hospital, cara.

— Porra, Fefeu! Eu já bebi, cara, como é que eu vou dirigir?

— Mas você é o único que está de carro aqui! Vamos, eu vou contigo e a gente se vira.

Amanda saiu gemendo do banheiro, carregada pelas amigas, e olhou pra mim, com uma expressão que misturava dor e um pedido de desculpas que me partiu o coração. Colocaram ela sentada em uma cadeira, e eu vi que o vestido estava molhado. — Já conseguiram ligar pra minha mãe? —, ela dizia.

— Tá bom, eu levo, espera aí que eu vou pegar o carro! E saí correndo em disparada. Atravessei a rua principal igual a um maluco, nem olhei pro lado. Com um alívio rápido, vi que o Corsa ainda estava no mesmo lugar. Liguei e entrei na favela pra buscar Amanda. Só esqueci de ligar o alerta.

– Qual foi, qual foi! Um maluco da minha esquerda apontava o fuzil pra minha cara, o outro atravessou correndo e foi pro lado do carona, segurando a pistola como se estivesse em um filme americano de polícia.

– Calma! – Abri correndo o vidro do motorista e joguei os braços pra cima. Do outro lado, o menino batia com a pistola no vidro e apertava o olhar pra tentar ver dentro do carro.

– Como é que tu entra na favela assim, irmão? Quer morrer?

– Estou na festa da Débora ali...

– Que Débora? Sei lá quem é Débora? – Não era o mesmo cara que estava na entrada quando a gente chegou, devia ter mudado o turno.

– A mina que mora ali dentro...

– Sai, sai do carro.

Saí lentamente do carro com as mãos pra cima. Ele me revistou enquanto seu parceiro olhava dentro do carro. Mandou um rádio pra central. "Aí, tem um comédia aqui que falou que tá numa festa de uma tal de Débora, entrou voadão com o carro aqui."

– Tem uma mina tendo filho lá, cara, tenho que levar ela pro hospital...

– Cala a boca, porra! "Então... Ele falou que tem uma mina parindo lá na festa, ele vai levar ela pro hospital... Ah, já tá ligado? Então beleza..." Vai lá, comédia. E fica na atividade quando entrar aqui, porra. Moleza, vai com ele até a festa pra ver qual é dessa situação.

– Ok, ok, desculpa aí, irmão... – entrei no carro e acendi tudo, igual a uma árvore de natal. O outro cara estava sentado no banco do carona, não devia ter 13 anos, com a pistola no colo.

– Tu é médico, cara? – Ele perguntou assim que o carro saiu.

— Não, pô... Tenho nem idade pra isso.

— E o que você vai fazer? — Perguntava com genuína curiosidade, forçando o sotaque de bandido pra não deixar cair a peteca.

— Vou levar ela pro hospital.

— Ah, tá. Mas não sai pelo Galo Branco não que tá lombrado pra lá, quebra pro Alcântara pelo Mutondo.

— Mas e a Lei Seca?

— Aí é problema teu — disse, já abrindo a porta e saindo do carro.

Pessoal já estava na porta, com Amanda em uma cadeira, gemendo de dor. Alguém forrou um lençol no banco de trás, e a gente a colocou ali, deitada, com algum esforço. Ela segurava forte em meu pulso, deixando a carne esbranquiçada em volta dos dedos. Eu sussurrava perto de sua cabeça.

— Tá doendo, né? Calma, vai dar tudo certo.

Depois que ela estava acomodada, virei pra Fefeu.

— Bora.

— Então, mano... Eu tava pensando melhor aqui... Cê viu que eu estava fumando um, estou chapado já...

— E eu vou sozinho? Porra nenhuma. Você que inventou de vir de carro, agora segura essa onda comigo. Entra aí.

Com os três no carro, liguei o alerta, abri os vidros e saí. Quando passamos por Moleza e seu amigo do fuzil, eles ainda olharam dentro do carro pra ver Amanda.

— Cuidado aí, comédia! Essa menina vai ter essa criança no teu carro, hein?

— Cê conhece os caras da boca, Bira? Fefeu perguntou com a voz meio mole.

– É, tive esse prazer quando entrei com o carro. Pronto Socorro do Alcântara ainda atende?

– Acho que não... – Fefeu virou pra trás. – Menina, você tem plano de saúde?

– Amanda, o nome dela é Amanda.

– Amanda...

– Não, não tenho. Amanda respondia trincando os dentes de dor. – Me leva pro Hospital Municipal...

– Não dá pra ir praquele lado. Bora pro Pronto Socorro do Alcântara mesmo.

Dei seta e segui na direção do Mutondo.

– Cê tinha que ter plano de saúde, cara...

– Deixa a mina em paz, Fefeu.

– Fefeu... Que apelido escroto... – Amanda tentou rir no banco de trás.

– Ih, qual foi? A tua mina me zoando ainda, Grandão.

– Ela não é minha mina. O nome dele é mais escroto ainda, Amanda. "Alfredo".

– Nome de velho...

– E Ubirajara é nome de garoto novo, né? Pronto, agora até a grávida vai me zoar.

Já era alta madrugada mesmo, furei o sinal da saída do Mutondo e peguei a principal. Quando virei na curva do colégio Adino Xavier, vi a muvuca.

– Puta que o pariu.

– Que foi, Bira?

– Lei seca.

– Mas geralmente a Lei Seca não é no Batalhão, depois do Pronto Socorro.

– Hoje eles devem ter puxado mais pra cá, pra pegar o pessoal que bebe ali no Baixo Mutondo.
– Baixo Mutondo? – Amanda gemeu no banco de trás.
– É, aqueles bares que montaram ali perto do Habib´s.
– E agora?

O trânsito estava engarrafado, mas andando. Já tinha um carro de polícia antes, para pegar os bobinhos. Acendi a luz do salão, abri as janelas.

– Agora a gente volta.

Sem dar seta, entrei na rua do lado da padaria e voltei, torcendo pros policiais não emendarem atrás. Dei a volta e saí na mesma rua, só que agora na direção do centro de São Gonçalo, rumo ao Hospital Municipal.

– Você quer avisar alguém, Amanda? A gente liga...
– Não, as meninas já devem ter avisado a minha mãe...
– E o pai? – perguntou Fefeu. Quando viu que eu olhava feio pra ele, fez cara de espanto e murmurou um "que foi, porra?"
– O pai... O pai nem sabe...
– Você não contou? – Dessa vez a cara de espanto foi minha.
– E contar pra quê? Não é porque a gente erra que tem que carregar o erro pro resto da vida.
– Mas você vai carregar o filho pro resto da vida... – Fefeu e seu tempo perfeito de falar merda.
– Mas o erro não é meu filho... O erro foi o pai que ele escolheu.

O silêncio só foi quebrado quando passamos pelo clube Tamoio.

– Bom, pelo menos não tem Lei Seca aqui, né?
– E vai ter duas *blitz* no mesmo dia, em lugares diferentes? Nunca vi.

– São Gonçalo é grande, sei lá.

Quando a gente virou a curva, eu soltei outro "puta que pariu". Em frente ao Joe Tekila, o restaurante novo, estava lá. Balões, tendas, reboques... Mais uma *blitz*. E dali não tinha como voltar.

– Porra, Fefeu. Eu te odeio, cara.

– E como eu ia saber que justo hoje iam ter duas Lei Seca? Quase quatro da manhã? E a culpa não é minha não, cara. Da casa da Débora pra tua não tem nenhuma. Eu não sabia que você ia ficar de ambulância.

– E eu ia deixar a Amanda lá, você é maluco?

– Que bonita a amizade de vocês... – Amanda balbuciou. Sua voz estava fraca

Todo o procedimento de novo: abre janelas, liga a luz do salão, coloca sorrisão no rosto. Não adiantou. Um agente coroa, com um bigode que parecia uma taturana negra em cima de seu lábio, bateu com o braço pra eu parar.

– Amigão... – coloquei o braço pra fora e tentei ser o mais simpático possível. O nome na plaqueta do colete era Villaça. – Villaça, então, a gente está com uma mina em trabalho de parto aqui, estamos levando ela pro hospital...

– Desculpa, companheiro, mas essa placa foi passada pra gente. Encosta aí e a gente resolve rápido isso.

Entrei na quarta vaga, desliguei o carro e suspirei fundo.

– Quem será que passou a placa, Bira?

– Deve ter sido o policial da outra *blitz*, né?

– E agora?

Nem respondi. Amanda deu um grito e se encolheu, expulsando todo o ar dos pulmões.

– Gente... – ela dizia, entrecortado – acho que... tá piorando...

– Vai lá, cara.

– Vai lá como, Fefeu?

– Eu desço, falo que o motorista sou eu... E você mete o pé.

– Mete o pé como, cara?

– Ué, sai saindo. Ninguém vai desconfiar da cara de pau.

– E depois?

– Depois a gente se vira. Se ficar aqui, essa mina vai ter um filho no banco do carro da tua mãe, e você ainda vai perder a carteira por estar dirigindo bêbado. Me dá o documento aí.

Entreguei o documento, e ele saiu do carro. O agente Villaça já vinha em nossa direção, e ele foi ao seu encontro. Apertou a mão do cara e entregou o documento, puxando a carteira do bolso de trás e fingindo procurar a carteira de motorista.

– Isso vai dar merda...

– Vai sim, Amanda. Mas eu não posso deixar você assim.

Quando olhei de novo, Fefeu e o agente estavam indo na direção da tenda para verificar o documento do carro. Liguei o carro, dei ré devagar e ninguém reclamou. Então parti.

O pronto-socorro ficava a uns 300 metros dali. Larguei o carro na entrada da emergência, liguei o alerta e corri lá pra dentro.

– Esperava que eu venho te buscar.

Voltei com uma cadeira de rodas e um enfermeiro, com o nome "Fábio" bordado no jaleco. Colocamos Amanda na cadeira enquanto o enfermeiro a levava lá pra dentro, estacionei o carro na rua que subia para a igreja da Matriz.

Entrei correndo na Emergência, e Amanda estava lá, chorando.

– O que foi?

– Estou explicando para ela que não temos obstetra de plantão hoje – me disse com tranquilidade o enfermeiro Fábio.

– Como assim, cara? A mina está parindo já!
– Eu sei, amigo... Mas o que eu posso fazer?
– Cara, e pra onde ela pode ir?
– Só em Niterói, no Alzira Reis.
– E como eu vou pra lá, cara? Caralho, velho... Entrelacei os dedos por detrás de minha nuca e comecei a andar em círculos.
– Você não veio de carro?
– Vim, mas escapei de duas Lei Secas... A gente estava bebendo em uma festa, daí a Amanda começou a passar mal...
– Você é o pai?
– Não, não sou... Fábio, me ajuda, cara.
Ele olhou pra mim, olhou para Amanda, com o rosto transformado em uma máscara de dor... E sorriu.
– Você já andou de ambulância?

Amanda segurou forte a minha mão durante todo o caminho.
– Fábio... Obrigado, cara, mais uma vez.
– Que nada. Fábio ia no banco da frente da ambulância, e virou-se para trás. – O plantão estava chato mesmo... Custava nada dar uma volta com meu amigo Neto aqui, não é, Neto?
"Eu estava dormindo, porra", o Neto ainda resmungou.
– E como é que vocês estão aí atrás?
– Tudo tranquilo... Na medida do possível, né?
– Fica tranquila, Amanda... É o primeiro, né? Eles não saem assim não, demora mais um pouquinho. A partir do segundo, que fica mais fácil.
– Deus me livre... – Amanda suava e respirava ofegante. Eu enxugava a sua testa com um bolo de gaze que o Fábio tinha me dado.

— Bira... e o carro da tua mãe?
— Shhh... Não fala, se concentra na respiração. Eu nem sabia se isso dava certo, só tinha visto em filme. — O carro depois eu dou um jeito. Tem que avisar é pra sua mãe pra onde a gente vai.
— Minha mãe saiu, deve estar bêbada a essa hora... Nem vai adiantar nada. Ainda bem que você estava na festa... — Amanda fechou a cara de dor, e respirou fundo. — Tenho nem como agradecer. Você nem me conhece...
— Não precisa. Vamos agora é esperar esse meninão sair.
— Menina...
— O quê?
— É... uma... menina... — e fechou os olhos com força, como se pudesse barrar a dor.

Chegando à Alzira Reis, uma maternidade que tem nas Charitas, o Fábio assumiu. Amanda foi levada às pressas para a sala de parto, e eu fiquei parado na sala de espera. Tentei ligar pra Fefeu e nada. Mandei mensagem para ele, dizendo onde eu estava, mas ele não respondeu, não sabia se ele tinha sido preso ou se tinha perdido o telefone.

As horas se passaram e o negro do céu que eu via da janela começou a se transformar em um azul-marinho lentamente. Eu cochilei sentado, com a cabeça apoiada nas mãos e os cotovelos na perna. Não sei por quanto tempo, mas quando acordei com a voz de Fefeu no corredor do hospital, o azul-marinho já virava um azul mais claro.

— Desculpa, cara, não tive outra opção.

Ao lado dele, o agente da Lei Seca que havia me parado. Os dois vieram andando da direção dos elevadores, e pararam na minha frente.

– Demorou, mas eu te encontrei, senhor Ubirajara.

– Seu policial, eu... – eu me levantei pra falar com ele, mas ele forçou a mão no meu ombro e me colocou sentado novamente.

– Eu não sou policial. Pode deixar que a sua mãe já foi comunicada, e seu carro rebocado. Não foi difícil de encontrar, nem você e nem o carro. A menina, como está?

– Ela está lá dentro, não sei como ela está...

– Você está encrencado, rapaz. Fugiu da Lei Seca, duas vezes, e deixou seu amigo emaconhado para te safar.

– Foi você que falou para ele onde eu estava, Fefeu?

– Não, cara, nem peguei no telefone.

– Você estava com uma menina grávida, em trabalho de parto. Para onde você iria? Ele caminhava a passos curtos, mão no queixo, parecia detetive de série. – Chegando ao Hospital de São Gonçalo, achei o carro... Daí foi só perguntar para qual hospital a ambulância havia se dirigido.

Fiquei em silêncio, olhando para os pés.

– Eu sei que você estava fazendo uma boa ação, rapaz, mas fez errado, muito errado.

– Eu avisei a você que tinha uma menina grávida no carro!

– E eu te pedi pra parar que a gente resolveria isso rápido. E o que você fez? Se achou mais esperto e fugiu. Agora vem comigo.

– Pra onde a gente vai?

– Pra delegacia do Alcântara. Sua mãe já deve estar te esperando lá. E eu espero que ela seja muito brava.

Levantei-me, resignado. O que eu podia fazer? Dei um abraço em Fefeu, que começou a chorar.

– Obrigado, cara.

– Porra, Bira... Eu vou ser preso, cara...

— Calma, quem vai se fuder aqui sou eu.

— Quando as moças terminarem o namoro, a gente vai.

— Estou pronto, agente.

Nesse momento, do lado contrário do corredor, uma enfermeira caminha em nossa direção, ainda com luvas e máscara arriada.

— Qual de vocês é Ubirajara? O pai?

Olhei espantado para a enfermeira, e para Fefeu.

— Eu sou Ubirajara, mas...

— A Amanda está te chamando para ver a menina. Parabéns!

Só aí tive coragem de olhar para a carranca do agente Villaça. Aquele bigode então emoldurou um sorriso.

— Vai lá, papai. A gente espera.

Fui cambaleando atrás da enfermeira, desnorteado com o excesso de informação. Minha mãe ia me matar! E se eu fosse preso? E eu nem era o pai!

Quando entrei no quarto, os primeiros raios de sol já se espalhavam pela praia de Charitas, em frente ao hospital. Amanda estava deitada, com um troço que parecia uma trouxa de roupa nos braços. Parei ao lado do leito, e a enfermeira nos deixou a sós.

A trouxa de roupa era um bebê. Todo roxo ainda, com a cabeça meio inchada, focinhando atrás do peito desnudo de Amanda. Levantei o olhar imediatamente, envergonhado.

— Linda, né?

— É... bom, é um bebê, né? E sorri meio sem graça. Ao som da minha voz, a menina levantou a cabeça, como se me procurasse.

— Ih, ela gostou de você — e riu. Amanda parecia esgotada, e eu percebi o quanto eu mesmo estava cansado. Tinha sido uma noite longa.

— Como ela vai se chamar?

— Lucíola. Diante de minha cara de espanto, ela continuou.

— E você acha que é só sua mãe que gosta de ler?

Olhei novamente para a menina, que já tinha pegado o peito, e sugava com energia.

— Ela está com fome, hein?

— Bira... — Amanda olhou diretamente pra mim. — Eu preciso dormir, mas queria que você a visse... Se não fosse por você... Espero que você não tenha se encrencado muito.

Pensei no agente Villaça lá fora, pronto pra me levar pra delegacia, e o pior: pra minha mãe.

— Não, sem problemas... O importante é que você está bem.

Mas Amanda já havia fechado os olhos. Virei as costas devagar, pensando que nem o telefone dela eu havia pegado, pra ligar depois e ver se estava tudo bem, mas sua voz fraca me chamou antes que eu chegasse à porta.

— Ubirajara... Grandão...

Ela estava sorrindo.

— Você já fez bastante por nós... Mas eu vou precisar de ajuda pra criar a Lu... Se não for pedir muito... — e apagou, com um sorriso no rosto.

O mesmo sorriso que ainda estava pregado na minha cara quando cheguei à delegacia.

Volta

— Deixa eu subir, Aldo.

A voz de Dália soava enfraquecida através do interfone. Eu havia ignorado todas as suas mensagens no celular, porém ela de alguma forma encontrara o caminho de casa.

— Aldo... Por favor...

Dois anos. Um bilhete na porta da geladeira, preso com o ímã do disk-gás. Dois cachorros, um peixe betta (que morreu de fome), um cacto (de sede) e eu, deslocado no apartamento cheio de ecos retóricos.

— Sobe — e apertei o botão de plástico com um telefonezinho em relevo para abrir o portão, agradecendo por não ter porteiro àquela hora.

Estava mijando com a porta do banheiro aberta quando a luz do corredor do prédio entrou na frente dela, e se foi. Ela não.

Não me dei nem ao trabalho de lavar as mãos, e fui para a cozinha fazer um café. Se era para ouvir groselha, que fosse ao menos com uma caneca de café.

Ouvi o barulho do zippo e a gaveta do rack se fechando. Dália estava sentada no sofá, no escuro, com uma grande bolsa de viagem no chão, sobre meu tapete branco.

— Cadê os cachorros, Aldo?

— Soltei na praça. Um foi atropelado, o outro um mendigo levou.

Seu silêncio denunciava a culpa. Se alguma coisa acontecesse com aqueles malditos cães à época em que ela vivia aqui, teria dado merda. Uma vez me esqueci de comprar o biscoito scooby genérico e foi um badauê do cacete. Agora, nada se ouvia. Dois anos.

A sala estava escura, e eu acendi o cigarro na guimba que ela largara no cinzeiro. Coloquei uma caneca de café em uma de suas mãos, enquanto ela parecia não saber o que fazer com a outra.

– Aldo...

– Bebe o teu café, você está precisando.

– Ah, não fala assim... – quando ela pegou em meu braço, senti algo molhado e pegajoso. Olhei para a caneca e o algo molhado era vermelho. Sangue. Dália tinha sangue em suas mãos.

– Dália...

A caneca de café pousara na mesa de centro, e a outra mão estava em meu rosto, espalhando sangue e carinho.

– Quanta saudade, Aldo...

– Dália, que merda você fez agora?

– Shh... – seu dedo pousado em meus lábios trouxe o gosto da ferrugem. – Não fala nada. Preciso de um lugar para dormir. E de um banho.

Dália se levantou e pude ver, em seu caminho para o banheiro, que sua saia *hippie* também estava manchada. A caneca tinha suas digitais. O barulho do chuveiro. Minha espera pelo desespero que não vinha. Dália. Dois anos, sequer um tchau, agora me aparece e mancha minha porcelana com o sangue de alguém.

Cheguei ao banheiro e ela estava agachada no fundo do box, as mãos pendidas ao lado do corpo. Seu corpo não mudara tanto nesses anos, seus cabelos estavam mais curtos, o fio de água rosada descia para o ralo.

— Pode usar essa toalha que tá aí.

Ela levantou apenas a cabeça e olhou pra toalha, e depois pra mim.

— Eu lembro quando a gente comprou essa toalha. Foi em Campos do Jordão...

— Naquela noite você vomitou o quarto todo...

— Eu estava grávida.

— Você é louca.

— Você me fez tirar.

— Eu apenas sugeri. Eu não queria filho.

— Comigo...

— Com ninguém. Nunca tive essa intenção.

— Você não gostava nem dos meus cachorros. Você deixou o peixe-beta morrer. Até o cacto!

— Não sou um cuidador, sou um gastador.

— Aproveitador.

Chame do que quiser, não tem mais importância.

— E eu engravidei outra vez depois daquilo...

— Saia do chão desse box.

— Você não quis ouvir... Não quer ouvir agora...

— Vou pegar outra toalha.

Dália passou pela sala enxugando os cabelos, o corpo brilhando à luz da rua. Quando cheguei ao quarto, ela estava deitada (na minha cama) em posição fetal, nua, os olhos estacionados na parede.

Aproximei-me lentamente, sem barulho, mesmo sabendo que ela podia me ver. Agachei-me ao lado da cama, e nem assim ela me olhou.

— Dália...

Nenhuma resposta. Dália soluçava pra dentro, e fungava com barulho molhado de catarro preso.

— Dália, eu preciso saber o que você fez.

— Deixa só eu dormir aqui, Aldo. Prometo que vou embora quando o dia amanhecer.

— Ir embora é sua especialidade.

Silêncio.

— Por que você foi embora, Dália? Eu acharia que você tivesse sido abduzida se não fosse o bilhete na porta da geladeira.

— Eu estava grávida de novo, Aldo.

"Eu estava grávida de novo, e sabia que você não iria querer ouvir falar sobre o assunto. Então eu fui embora. Você sabe que eu sempre quis ser mãe, eu tirei três filhos seus por causa da sua estupidez. Eu te amava, Aldo. Eu te amo ainda. Eu perdi três filhos porque não queria te perder. Mas foi mais forte dessa vez, e eu tive que sumir."

— Você estava... você...

— Mas eu te amo, Aldo. Você é meu fardo, meu simbionte. Mas pode deixar, amanhã de manhã eu vou embora.

— Se você estava grávida quando saiu daqui...

— Eu fiz besteira, Aldo. O que eu fiz não tem perdão, nem eu posso me perdoar.

— O que você fez, Dália? Meu coração começou a bater mais forte, pressentindo o desastre. Alguma merda grande havia acontecido, e a ideia começava a pairar como a sombra de uma nuvem de chuva. Eu tentei não pensar nisso.

— Eu não podia viver sem você, eu não podia olhar para você...

— Onde está a criança, Dália?

– ... era mais importante, mas não pude ficar longe...
– ONDE ESTÁ A PORRA DA CRIANÇA, DÁLIA?!
Lembrei-me da bolsa e levantei correndo para a sala, esbarrando o ombro no portal do quarto. Ainda ouvi o fio de voz de Dália a dizer "... eu tinha que mostrá-lo a você, mas sabia que você não queria ser pai..."
Cheguei à sala, e a mancha sob a bolsa de viagem crescia no tapete branco. A mancha molhada, escura e pegajosa.
Meu filho.

Tristeza não tem fim

I

Maria Clara era infeliz. Qualquer um que se dispusesse a se deter por mais de um minuto em sua observação perceberia isso facilmente. Estava lá, como uma vala aberta, em cada ruga que surgia no canto dos seus olhos, em cada gota de saliva com que molhava os lábios, em cada reflexo de seus óculos quadrados. Não que Maria Clara não sorrisse; ela o fazia com frequência. Mas era aquele sorriso pré-fabricado, moldado por anos e anos de isolamento íntimo, pela pedagogia da solidão, aquela que nos ensina a nos proteger do resto do mundo e ao mesmo tempo nos afasta dele. Sorria ao dizer bom dia, sorria para retribuir uma falsa gentileza (ou quando cometia uma ela própria), e às vezes sorria até sem motivo aparente, como se pensasse em flores ou em compassos musicais. Sabia que isso a incluía, disfarçava sua desolação e sofrimento, a fazia igual a todos os outros (que também disfarçavam sua dor, ela sabia, sabia disso).

Mas era olhar para Maria Clara, com um pouco mais de atenção, e perceber que Maria Clara era mesmo triste. Ao voltar para casa, sozinha, ela tomava algumas taças de vinho ouvindo suas músicas prediletas, estirada no sofá como um gato, com pouca luz ambiente e comendo alguma comida processada, Maria Clara chorava. Chorava muito. Chorava sem lágrimas, como fazem todos aqueles que já cansaram de chorar e sabem que lágrimas servem apenas para expor sua tristeza para os outros; lágrimas são desnecessárias e inconvenientes no escuro, quando não há ninguém para comover. Chorava por dentro, libertando ocasionalmente furtivos suspiros e, quando a dor apertava mais, baixos, porém dolorosos, uivos, como ganidos esganiçados e represados. Abrira mão de tanta coisa para ter uma vida burguesa segura: era bem-sucedida profissionalmente, conseguira financiar para si um apartamento pequeno, mobiliara-o como vira nas revistas de salas de espera que tanto frequentara, tinha tudo que seus pais e seus antigos vizinhos nunca tiveram. Mas voltava para casa, e não havia ninguém a sua espera. Tentou um cachorro uma vez, mas não tinha paciência de manter um placebo sentimental que necessitava de tanta dedicação, e não ficou com ele mais do que dois meses. Não era de um cachorro que precisava, era de outro ser humano. Não necessariamente um homem (a essa altura do campeonato, Maria Clara já cogitara todas as hipóteses), mas de alguém, alguém que a esperasse quando chegasse em casa cansada, e perguntasse como tinha sido o seu dia. Ela contaria, eles ririam em pé na cozinha, bebericando algum vinho de supermercado e cozinhando pasta, e então fariam amor. Maria Clara não idealizava muito, mas quando projetava em sua cabeça cenas como essa, chorava mais. E uivava. E lá ia Maria Clara dormir sozinha, semianestesiada pelo álcool, suspirando e uivando ocasionalmente no sofá ou no tapete da sala, embalada pelos sons da cidade, longe da cama da Tok & Stok com lençóis limpos de desenhos legais, que pouca serventia tinham. E no dia seguinte sorria ao dizer bom dia para o motorista do ônibus, mas quem olhasse de perto, com atenção, perceberia que Maria Clara não era feliz.

II

Carlos era infeliz, e não fazia a menor questão de esconder isso. Resmungava pelos cantos como um velho, e praguejava contra tudo que estivesse ao seu alcance: seu chefe, seu trabalho, sua sogra, sua irmã, seu país. Carlos trabalhava em um emprego de que não gostava, mas que o aprisionara desde cedo e matara de inanição os seus sonhos de juventude. O que seria uma ocupação temporária até que as coisas melhorassem virou um modo de vida, medíocre sim, mas um modo de vida, uma ocupação frustrada de onde tirava o seu sustento. Entendia por sustento o suficiente para levar uma vida às margens da dignidade (molhando os pés na lama vez ou outra) e pagar a conta do bar, onde despejava a sua miséria para todos que pediam ali asilo político de seus infernos domésticos. A infelicidade de Carlos não era muda, contida ou melancólica. O contrário disso, era algo feroz, voraz, estridente como uma nota errada no meio de um minueto, esporrenta como um cristão recém-convertido. Carlos mirava longe, e culpava até mesmo Cabral por sua vida miserável. "Se fôssemos colonizados por ingleses, eu não estaria nesta merda em que estou hoje!" – repetia ele no balcão, sem saber exatamente o que queria dizer, lançando perdigotos sobre os tremoços. Todos que o cercavam percebiam a sua tristeza, sua infelicidade inesgotável e incômoda, e se afastavam assim que tinham a oportunidade. O ser humano se move pelo dualismo, pela alternância de humores, e ninguém gosta de ter ao seu lado o tempo inteiro um arauto da desgraça, alguém que só reclama.

Mas ele não tinha opção, coitado. Era a única maneira que possuía de conviver consigo, com suas próprias frustrações e escolhas. Carlos, inconscientemente, percebia que é a tristeza o grande *leitmotiv* do homem. "Do homem e da mulher", diria Maria Clara se estivesse participando dessa conversa, mas Maria Clara estava em estupor no chão de seu apartamento, após duas garrafas de um chardonnay barato e sentidas lágrimas de solidão.

Todos percebiam o quanto Carlos era infeliz, e enquanto ele envergava sua tristeza como um estandarte, não tinha tempo de pensar o quanto já era adicto de sua própria desgraça.

III

Mauro Sérgio fora feliz durante muito tempo. Crescera em um lar despedaçado, sem a presença do pai, porém com muito amor, com suas mães e suas tias a preencherem seu mundo com brincadeiras e orações. Todos em sua casa eram muito religiosos, e Mauro Sérgio desconfiava inclusive de que a ausência de seu pai havia sido um fator preponderante para a entrega tão devota de sua mãe à Santa Igreja. De tanta disciplina religiosa e amor – principalmente amor – pelos santos e pela Igreja, Mauro decidira, ainda muito cedo, ser padre. Achava bonito aquele homem sábio, lá na frente, a comandar seu rebanho com a unção de Nosso Senhor e com a autoridade delegada pelo Santo Papa. Gostava de assistir à missa, como coroinha e depois ajudando no grupo jovem e na eucaristia. Quando alcançou idade suficiente, rumou para o seminário, onde passou também ótimos momentos, compartilhando seus sonhos com outros jovens de sua idade. Ouvia muitas histórias sobre a reclusão, principalmente no que diz respeito ao celibato e à castidade, mas confessava a quem perguntasse, até com certa timidez, que nunca presenciara ou soubera de nenhuma dessas ocorrências no seminário onde estudara. Todos eram muito sérios, e compenetrados em suas missões espirituais, seus professores e amigos, seus tutores e superiores. Não podia se esquecer da alegria de sua mãe no dia de sua ordenação, e mesmo na paróquia a que fora destinado havia sido muito feliz no começo. Substituíra um padre velho e antipático; logo, não havia sido difícil conquistar a comunidade e, em pouco tempo, já conseguia até trazer algumas ovelhas desgarradas de volta ao seio da Igreja.

Mauro Sergio tivera uma vida muito feliz, devotada e preenchida de atividades e responsabilidade. Até perder a fé.

Não foi um processo gradativo, de silenciosa penetração da razão e da filosofia nas ameias do castelo de sua fé, e sim um momento súbito, como um soco que abre um clarão em uma arquibancada lotada. E bem que poderia ter sido ao acordar para a oração matinal, mas...

De cima do altar, Mauro podia ver toda a sua congregação. Era uma igreja pequena, com poucos, porém dedicados, fiéis. Pessoas boas, com bom coração mesmo, que não se importavam em se doar para ajudar a Santa Igreja. Então, Dona Carolina olhou para ele no meio da homilia, e a fé de Mauro desligou. Desligou, apagou, sumiu. Dona Carolina tinha uns o quê? Duzentos e trinta e seis anos, sei lá, e ali estava, podia estar se divertindo, aproveitando os últimos momentos de sua vida, mas estava ali todo dia, rezando pela conversão do mundo e costurando roupas velhas para o bazar. Ela não era como várias outras fiéis que usavam a igreja para extravasar suas próprias frustrações, como uma forma de homologar sua superioridade sobre as outras pessoas. Dona Carolina fazia aquilo por pura dedicação, e nem prazer ela tirava disso. Fazia achando que estava agradando a Deus, e foi aí que algo disse na cabeça de Mauro – "Não há Deus". Nada de "ah, você já pensou na possibilidade de não haver um Deus lá em cima", nada disso. Foi uma verdade tão poderosa que não deu espaço para contestação. Não há Deus, e tudo isso é uma farsa, criada por canalhas e sustentada por fracos.

Ok, se para você isso pode parecer um questionamento difícil. Imagine para um padre. Um padre no meio da homilia.

IV

Daniel não fazia a menor ideia do que era felicidade. Não pensava nisso, como não pensava em nada que não fosse a própria sobrevivência. No lixão onde morava, não havia muito tempo ou oportunidade para tecer conjecturas sobre vida e tudo o mais, apenas o instinto de viver – se é que tal atividade poderia ser chamada assim. Daniel sequer se considerava uma vítima da sociedade, porque não sabia o que essa palavra significava. Aceitava bovinamente o que lhe acontecia, determinado, indolor.

Não morava em um barraco, um barraco era luxo que poucos podiam bancar. Morava em uma barraca improvisada com galhos e plástico preto, achado ali mesmo, no lixão. Seu primeiro pensamento quando acordava era comer. Saía a buscar algo que não estivesse azedo ou podre o suficiente para lhe fazer mal, como frutas ou restos de comida. Às vezes dava sorte e achava algo inteiro que alguém havia jogado com a embalagem ainda fechada: biscoitos, macarrão, leite em pó. Não entendia por que as pessoas faziam isso – tinha algo a ver com prazo de validade, lhe contara uma vez sua mãe, mas ele não entendeu muito bem o que quis dizer, e deixou para lá. Na sua cabeça, aquelas pessoas podiam jogar fora o que quisessem, já que possuíam dinheiro para comprar outras. Imaginava as madames das propagandas da televisãozinha que um dos moradores do lixão ligava no gato falando assim: "Ah, não quero mais esse macarrão, vou comprar outro e jogar esse no lixo." Que bobas, ele pensava, macarrão inteirinho ainda, só com alguns bichinhos, era só assoprar.

Após comer alguma coisa – quando conseguia –, Daniel ia para a cidade ver as pessoas. Gostava de observá-las, parecia estar em um zoológico assistindo ao comportamento de outras espécies. Não se ressentia por não ser uma delas, nunca passara por sua cabeça que era igual àquelas pessoas. Contemplava-as maravilhado por alguns minutos, e ia trabalhar. Se as pessoas tinham tanto, por que não compartilhavam? Daniel fazia de tudo: pedia dinheiro na rua, pedia dinheiro em ônibus (essa funcionava melhor quando levava um de seus irmãos menores), realizava pequenos furtos em lojas, coisas assim. Achava normal ser surpreendido roubando e apanhar, fazia parte do jogo. Algumas poucas vezes roubara pessoas na rua, sempre as mais inofensivas, como velhinhas ou crianças menores do que ele. Daniel era um menino franzino de dez anos, e esperava um dia crescer e ficar forte para poder roubar pessoas maiores.

Em sua cabeça já despontavam ideias de procriação, como ele via as pessoas fazerem no lixão. Não sabia como era, mas já sentia algo gostoso quando se tocava, e em breve estaria fazendo com meninas – ou com meninos mais novos – o que os meninos mais velhos do lixão faziam com ele.

Daniel achava bom não ser mulher, mulher de vez em quando estava com aquele barrigão de esperar neném, aí não podia mais fazer muita coisa, nem catar comida no lixo. Não era fácil andar sobre as montanhas de lixo empilhado, e mais difícil ainda era subir no caminhão que chegava com lixo novo. O caminhão não parava, eles tinham que subir na carreira e ainda disputar lugar na caçamba. Os mais ágeis – ou fortes – conseguiam pegar as melhores coisas. Não dava para a mulher grávida fazer isso. A única coisa boa é que era melhor para pedir dinheiro no ônibus, mas pedir dinheiro em ônibus era chato.

Mas Daniel não pensava em nada disso, simplesmente não pensava em nada. Comer, excretar, procriar eram prioridades, e cada célula do seu corpo estava empenhada nessas ações imediatas. Talvez, e só talvez, enquanto procurasse algum tubo de pasta de dente em meio a pequenos embrulhos de papel higiênico usado, dentro do saco plástico, para comer – ele adorava o gostinho de pasta de dente. Vira na televisão que as pessoas comiam pasta de dente três vezes por dia! Deve ser por isso que elas sorriam...

Talvez se alguém perguntasse a Daniel se ele era feliz, ele diria que sim com a cabeça, como fazia sempre que ouvia alguma coisa que não entendia.

Interlúdio

O que a vida desses quatro personagens tem em comum? Nada. Talvez eles vagassem pelas cidades sujas e cobertas de poeira por toda a vida, arrastando consigo suas tristezas como rabos peludos e malcheirosos, envergando-as como parangolés desengonçados, até o dia de suas desimportantes mortes. Acontece com a maioria, a única coisa que une cada elemento humano na cidade é justamente o que eles têm de mais natural, uma ansiedade ao contrário na contemplação da própria incapacidade em se adequar aos falaciosos padrões que alguns chamaram de "felicidade". A tristeza de fazer parte de uma rede que não suporta, um conjunto que não agrega, uma colmeia onde cada abelha produz apenas o suficiente para si, roubando de outra abelha se possível. A filosofia explica, porém não conforta; a religião conforta, mas não explica, e nesse profundo hiato habita o ser que vaga agora pela cidade com uma arma na mão.

V

– Caralho! – Carlos quase caiu quando o pivete passou por ele. Como um *quarterback* de um esporte que nem sabia que existia, o franzino Daniel usara a velocidade e o impulso de seu corpo para desequilibrar a vítima, enquanto sua agilidade o permitia subtrair a bolsa. – Moleque filho da puta! Pega! Pega ladrão!

Coração voava dentro do peito, pernas ganhando as pedras portuguesas em direção ao metrô. Gostava de roubar ali pelo Largo da Carioca, da sensação de vazar em espaço aberto, com alguém gritando por ele. Com sorte, sumia no meio da multidão e a vítima desistia, desolada. Na pior das hipóteses, entrava na estação do metrô e subia pela outra escada, despistando de vez. Isso lhe rendia um cascudo do segurança do metrô de vez em quando, ou um arrego, mas era divertido.

Carlos estava puto. Ia ser padrinho de casamento de uma prima da esposa, e teve que perder o horário de almoço para pegar a bolsinha prateada que acompanhava o vestido da mulher. "Só me ferro mesmo, por que a bolsa tinha que ser prateada? Cabe porra nenhuma nisso mesmo, só para se emperiquitar toda. O pior é que nem tinha essa intimidade toda com essa prima, mas ficou toda boba com o convite para ser madrinha, e ainda me arrasta junto", pensava enquanto cruzava pra pegar o metrô e voltar para Realengo.

"Também vou aproveitar e fumar um varejão", e era isso que fazia quando o desgraçado do moleque levou a bolsa.

Instintivamente, correu na direção certa. Foi a única coisa que lhe proporcionou a visão de Daniel descendo as escadas. "Ah, filho da mãe, agora tu tá fudido! E cadê os guardas? Você paga imposto de tudo, e não tem um guarda!" – PEGA! PEGA ESSE MOLEQUE AÍ!

A Diocese afastara Mário Sérgio da paróquia, desculpando-se com os fiéis da estafa de seu pastor.

– Não é estafa! Isso não faz mais sentido!

– Padre, por favor... – dizia o Bispo, de fala mansa, enquanto cruzavam a nave principal da Catedral. – É natural que você se sinta sobrecarregado, você entrou muito cedo no seminário...

– Não é isso, Eminência. Eu entrei no seminário por vocação, não estou cansado da vida sacerdotal, apenas não vejo mais sentido, já que Deus não existe!

– Ele há de te perdoar por isso, Padre Mário. Não é o primeiro, nem é o último a ter uma crise de fé.

A opinião do bispo não importava para Mário Sérgio, era de sua mãe que tinha medo. Como falar pra ela que não seria padre, o orgulho de seus dias abrindo mão de seu sonho maior de mãe? E, pior, como falar para a mãe que não acreditava mais em Deus? Naquele momento, na Igreja, não ficou com pena de Dona Carolina, nem de tantos outros que eram enganados por aquela mentira – como ele mesmo fora, tantos e tantos anos. Só teve pena de sua mãe.

Ali, na plataforma, esperando o metrô, tomava ainda coragem, sem saber o que falar quando chegasse à casa da mãe em Botafogo, quando de repente desceu o menino franzino, em alta velocidade, com um adulto esbaforido atrás dele.

Parada na estação, o peso da bolsa incomodava Maria Clara, mas o peso das palavras machucava mais. "Eu sou casado, Maria Clara, não vai rolar", disse Antunes, na copa do escritório. "Eu sei que você é casado, Antunes", disse, espremendo os olhos e o coração para sangrar os últimos resquícios de autoestima. "Dona Maria Clara, é melhor esquecer essa história", disse Antunes, o rapaz da TI ("quase um garoto!"), e saiu da copa, deixando Maria Clara com as duas mãos no copo de plástico cheio de café, cabeça baixa e as palavras mastigadas lentamente: "Eu sei que você é casado, e não me importo. Eu só queria..."

A tira da bolsa estava quase arrebentando, a bolsa de marca que Maria Clara comprara para se adequar ao pertencimento. Se fosse apenas a garrafa de vinho, não haveria problema, várias vezes saíra da Cobal com duas delas na mesma bolsa e a alça suportara. Mas agora algo parecia puxá-la para baixo, para o chão, para o ralo onde vira seu amor próprio escorrer pela última vez.

Pensava nisso, quando o pivete que descera correndo esbarrara nela, tirando seu equilíbrio à beira dos trilhos. Como quem perde um degrau ou senta numa cadeira mais baixa, Maria Clara sentiu o ar ser retirado de uma vez de seu corpo através de seu ventre, e tentava agarrar alguma coisa com o braço, que não segurava a bolsa enquanto olhava o vão dos trilhos prestes a recebê-la.

VI

Trilho, braço, bolsa, vinho, vazio, arma, moleque, queda, vão, ausência, morte, morte, MORTE. Braço peludo, mãos fortes, altura do pulso, dedos grossos, camisa dobrada. "Calma, peguei você", voz baixa em tom de quem tem a plena convicção do que estava fazendo, alívio, congela.

Mário Sergio em pé, reto, segurava a franzina Maria Clara pelo braço, fazendo 45 graus com o solo e o vazio por sob seu corpo e sobre os trilhos. Maria Clara ainda olhou para baixo e pensou novamente, então viu o rosto de seu salvador e, ainda em choque, se deixou levar.

– Está tudo bem? Vem, devagar, eu te seguro – disse Mário Sérgio enquanto puxava lentamente a mulher que quase morrera à sua frente ali no metrô, enquanto olhava para o menino que agora era contido pelo homem que correra atrás dele e dois seguranças do metrô.

– Esse filha da puta desse moleque aí, ainda quase derrubou a mulher nos trilhos! – disse Carlos, com sangue nos olhos, dando um tapa na cara de Daniel. – Cadê a bolsa, porra?!

– Calma aí, senhor.

– Calma é o caralho! – e deu um chute em Daniel, que se encolheu, e apanharia mais se o segurança não tivesse entrado na frente.

Algumas pessoas começavam a se juntar em torno do

estranho grupo. O homem iracundo, vermelho, desfiava um rol de palavrões contra o menino mirrado e com cara de assustado. Daniel sentia o suor descer gelado por seu dorso descamisado. Sabia que agora estava ferrado. Mesmo usando a sua melhor cara de "desculpa, moço, eu não sei o que faço", sentia que alguma coisa ruim ia sair dali. Não seriam apenas alguns tapas do segurança, ou como da vez em que o trancaram na sala de máquinas do elevador de um prédio na Rio Branco e o deixaram sem comida nem água o dia inteiro, e ele teve que se mijar nas calças porque as mãos estavam amarradas com um fio grosso e levou mais uns tapas por isso. Uma vez tinha visto o Peixe Gato sendo linchado na Praça Tiradentes por pessoas como essas, com olhares como esses. O segurança esmagava os ossos de seus dois pulsos em um torniquete só, e ele sabia que não ia dar pra fugir. "Se meus dentes caírem com as porradas, vai ser mais difícil comer o pão que aparece no lixo da lanchonete", pensou.

– Você está bem, moça?
– Maria Clara... – ela ainda conseguiu balbuciar.
– Maria Clara, você está bem?
– Sim, estou... Obrigado.
– Por nada – disse Mário Sérgio.
– TEM É QUE METER A PORRADA! – A voz de Carlos se elevou, e encontrou eco entre os transeuntes. Quando Mário Sérgio olhou, um rapaz de terno e mochila acertava um chute no menino suspenso pelo segurança.
– Me espera aqui, vou ver o que é isso.
– Tu-tudo bem... – Maria Clara parecia anestesiada. Mário Sérgio se certificou de afastá-la para o centro da estação, onde ela pudesse se apoiar na placa de publicidade, e foi em direção ao pequeno tumulto que já se formava.

Carlos nem se lembrava da maldita bolsa prateada, que agora jazia no chão emborrachado. Pela primeira vez, havia pessoas prestando atenção no que ele dizia. Afinal, estava com a razão! Quem esse moleque pensava que era, pra roubar? Ele podia roubar, era fácil, mas escolhera trabalhar, acordar cedo, submeter-se a caprichos infantis do patrão rico, e agora esse parasita ia levar o que ele pagava com tanto esforço?

Vociferava essa indignação em frases desconexas, cuspidas, e a multidão aprovava. "Isso aí!", dizia um, "Lincha ele!", "Bandido bom é bandido morto!" – lembrava outro. E Carlos crescia.

– E se fosse com você? E se fosse com você? – ele dizia ao segurança.

– Calma, senhor, aqui dentro não. Um dos seguranças até concordava com a turba, mas também não podia se dar ao luxo de perder o emprego.

– O que está acontecendo aqui? – Mário Sérgio se esgueirou em meio à turba e alcançou o epicentro da grita.

– Esse moleque roubou o cidadão, e agora vai pagar – disse uma senhora idosa, agarrada a uma sacola plástica de laranjas-pera, cheiro verde e meio quilo de bife de fígado.

– E a senhora não tem vergonha de estar no meio dessa bagunça? Vá pra casa, anda. – Mário Sérgio falava com uma autoridade mansa que fez a velha mudar de expressão e sair de fininho.

– Estava demorando pra chegar um defensor dos direitos humanos! – disse Carlos, jogando pra galera.

– Meu senhor, acalme-se.

– Acalme-se o cacete! Esse filho da puta desse pivete ia roubando a bolsa da minha mulher!

– Mas a bolsa não era sua? – disse o segurança.

– Não te mete você também não, você é peão e fica aí defendendo o ladrão! Aposto que mora na mesma comunidade!
– Calma, calma. Mário Sérgio sentia que o leite estava prestes a ferver.
– Lincha logo! – gritou alguém, seguido por vários "Isso aí!".
– Ninguém vai linchar ninguém aqui não! – O segurança pousou a mão na arma instintivamente, sob a camisa. Não podia trabalhar armado, mas tá maluco se ele ia ficar na mão limpa ali na estação.

Daniel achou que era uma boa hora pra fugir, e tentou, mas as mãos do segurança B pareciam um alicate. Ele ainda ganhou uma sacudida que machucou seu ombro, e uma borrachada nas pernas. "Fica quieto aí, moleque, se não te entrego pra galera." Daniel ficou quieto. Talvez isso tudo passasse, e ele fosse dormir na casa de passagem mais uma vez. "Tomara, lá tem aquela sopa dos crentes", pensou.

... pago minhas contas, pago imposto pra caralho, tenho direitos!

– Não, você não tem esse direito. Não vê que é só uma criança?

"Leva ele pra casa então!" – gritou alguém.

– Quem vai cuidar disso é a polícia. Ele vai pagar pelo crime que cometeu.

– Vai pagar porra nenhuma! Ele é menor, a polícia vai soltar ele na primeira esquina, dar uns cascudos e acabou.

– O Conselho Tutelar...

– Conselho Tutelar meu ovo! Ele vai aprender aqui a não roubar trabalhador!

A multidão começou a se comprimir em torno da situação,

e os espaços ainda vazios foram ocupados por pernas e braços sedentos de justiça e ódio. Os seguranças se viram encurralados, e começaram a empurrar de volta com o cassetete. Carlos avançara para o menino, e Mário Sérgio se pusera na frente, começando um embate corporal de disputa por centímetros de proximidade.

Daniel aproveitou e fugiu. Com a cabeça abaixo da linha da cintura dos adultos, foi escorrendo com seu corpo magro, suado e sem camisa pela floresta de calças jeans e vestidos.

Até que o estampido do tiro cortou o ar da estação, seguido por um silêncio inacreditável.

VII

Mário Sérgio tentou procurar Deus ali, e não encontrou.

Maria Clara, com a arma que achara nas mãos, só conseguia balbuciar: "Eu peguei ele... Ele ia fugir, eu acertei..." Encostada na placa de publicidade, a arma parecia pesar uma eternidade, fazia seu pulso mole pender para fora de seu corpo.

No chão, Daniel estertorava. O tiro o desequilibrara de sua trajetória, e o coice da bala que atravessara seu omoplata esquerdo o jogara no chão. "Mãe...", dizia ele, com os olhos mirando o teto da estação e as pupilas dilatadas.

Ninguém ousava se mexer, com medo de que Maria Clara atirasse de novo. Agora, todos os olhos pareciam reféns da moça esbelta, bem vestida e com expressão vazia, com as costas no painel do Cirque du Soleil e os joelhos curvados.

Quando um segurança procurou por Carlos, ele havia

sumido, junto com a bolsa prateada. "Que se foda, vou meter o pé daqui", pensou, sem sequer olhar pra trás. O outro segurança ponderava se valia a pena se colocar em risco para tirar a arma da moça, era bem uns dez metros de onde estava, vai que ela decide atirar de novo?

Mário Sérgio se adiantou para Maria Clara, com passos medidos e mãos espalmadas pra baixo.

– Moça... Largue essa arma.

– Ele ia fugir, ia fugir e eu atirei...

– Eu sei, agora fica calma... Tudo vai se resolver.

Aquelas palavras pareceram uma senha para Maria Clara. Seu rosto voltou ao normal, e ela se lembrou da função da arma em suas mãos, que havia pouco pesava em sua bolsa.

– Não, não vai – e, enfiando o cano na boca, atirou, pintando o palhaço do Cirque du Soleil com uma gosma avermelhada, miolos e pedaços de carne, com um estrondo mais alto do que o trem que acabara de chegar.

Foi a deixa para todos correrem ao mesmo tempo. Alguns entraram na composição, empurrando quem tentava sair para ver o que acontecia. Os que correram na direção contrária acabaram pisoteando o corpo do menino Daniel, que morrera de olhos abertos e não sentia as solas.

Mário Sérgio sentou-se no chão e começou a chorar. Definitivamente, nenhum traço de Deus, de Diabo, de nada. Apenas a miséria humana exposta em suas cores mais horrendas, um menino franzino e uma moça triste que perdiam a sua vida em uma estação, sem possibilidade de seguir viagem.

Carlos não falou nada sobre aquilo mais tarde, no bar.

Apenas desferiu alguns impropérios contra o casamento da prima da mulher, mas ainda assim muito poucos, em relação à sua cota cotidiana, facilmente ignorados pelos outros desesperados que bicavam sua cerveja quente. Ao mesmo tempo, o corpo de Daniel cumpria os trâmites protocolares no IML, aguardando o fim do tempo para ser plantado em cova rasa como desconhecido.

Quando Mário Sérgio chegou à capela, viu apenas uma senhora sentada ao canto, dormitando. Pela semelhança com a defunta, poderia ser sua mãe, mas ele não quis incomodar. Foi até o caixão e, pela força do hábito, disse uma prece silenciosa, e olhou para o crucifixo, trincando os dentes.

Não. Não tem fim.

Esta obra foi composta em Arno Pro Light 13 e impressa na gráfica PSI em São Paulo para a Editora Malê em julho de 2021.